阅读之前 没有真相

午夜文库

埋骨场不会言说

[日]市川忧人 著
朱东冬 译

新 星 出 版 社　NEW STAR PRESS

目录

1	埋骨场不会言说
50	红铅笔不会登场
102	红发恶魔不会知晓
191	替罪绵羊不会含笑

埋骨场不会言说

这是犹如剜开旧伤一般的案件,而且是不好的那种。

要说这种事谈不上好或不好,倒也没错。不过锋利的刀和生锈的锯子这两样东西导致的伤,伤口形状与治疗方法都完全不同。前者造成的伤口有时甚至会给人以美感,后者造成的伤口则只是沾满肉片的凄惨断面而已。

遗憾的是,这次的案件更接近后者。

军队的黑暗面。嫌疑人无可救药的行为。没有任何事能告慰亡友的在天之灵。

唯一值得欣慰的是,案件姑且算是解决了。

——如果只靠我自己,恐怕是解决不了的。

1

对军队这种组织而言,并不存在所谓非工作时间。

敌国的攻击、灾害并不会在人有准备的时候来,因此军队必须全天二十四小时准备着应对危机。与 R 国的冷战还在持续,洲际弹道导弹令距离与时间的概念逐渐失去意义，在这样的现状下，不如说夜晚才是最需要提高警惕的时间段。

总之，没有经历过夜间出勤的军人极为少见。

隶属于第十二航空队第八百三十六航空师的特里·拉特利奇中士在那一天——一九八三年五月十二日，已经是第十几次执行夜间巡逻任务了。

位于Ａ州Ｔ市郊外的空军基地有个很不像空军风格的别名，叫作"飞机埋骨场"。

说是埋骨场，其实并没有埋着被击落的战斗机。这里保管着大量由于各种各样的原因而不再使用的军用机：发生故障的，超过使用年限的，被新型机取代的，等等。"飞机埋骨场"的别名即由此而来。

军用机单价十分高昂，从几百万美元到几亿美元不等，远非轿车可比，不能草率地拆成废铜烂铁。有的要在维修后重新投入使用，也有的需要像器官移植一样拆下零部件用于修理其他飞机。飞机埋骨场的职责便是保管历代军用机，以备不时之需。

特里打着灯光照亮前方，在埋骨场巡行。二十三点半进入基地，午夜零点换班，一点半和警卫兵打着招呼出发去巡逻。之后又过了有三十分钟吧。干燥的空气摩挲着皮肤。

没有月光。今夜是新月，群星璀璨，地上却一反常态地昏暗。绝不能大意。

在有大片沙漠地区的Ａ州南部，频繁有蝎子出没。空军基地虽以不容一只老鼠通过的严防态势著称，但要阻止野生动物的入侵却近乎不可能。

特里自己就在基地里遇到过几次蝎子。他甚至听说蝎子在人不注意的时候顺着鞋爬上去，趴在人的背上，就这么进入汽车里的传言。对第一线的士兵来说，比起R国的弹道导弹和傲慢的入侵者，蝎子离自己近得多，也危险得多。

特里再次眺望飞机埋骨场。眼睛已经适应了黑暗，视野之中影影绰绰地浮现出白色遮光布覆盖着的无数机体。

这个地区空气干燥，金属不易生锈，是在室外长期保存航空器的绝佳场所。战后，U国全境的退役飞机都被集中到T市的空军基地保管，数量超过四千架。这里是世界上屈指可数的飞机埋骨场。

一架架军用机结束了使命，就此陷入沉睡。

埋骨场很广阔，共约十平方千米，容纳住宅街的一个小区绰绰有余。结束使命的飞机在这块巨大的地皮上静静排列成行，这景象与其说是埋骨场，倒更像是废弃鬼城。如此光景或许会让平民中的军用机爱好者感慨落泪，但夜间在此巡逻的人只会感到格外阴森。

在埋骨场的极远处并排矗立的几个巨影，更加剧了阴森程度。

那是气囊式飞艇，俗称水母船。

是六七年前刚配备的现役飞艇。高二十米，长宽各四十米的白色庞然大物紧挨着地平线，在从建筑物窗户透出的微弱光线的映照下，现出模糊的轮廓。

特里也曾听过"水母船飘浮于蓝天的样子很美"这类评价，然而深夜在埋骨场巡逻时看到这些东西，总感觉它们宛如恐怖小说里的怪物，正监视着自己。

跟平常一样早点完事为妙。不，要不干脆抄个近道吧。就在特里脑海中闪过这个歪点子时——

在灯光的正中央，有什么东西显露了出来。

在靠里的战斗机行列附近的地面上，横陈着一个明显不是飞机零件的东西。

长度将近两米——似乎是个人影。

心脏怦怦直跳。

特里举着手电筒奔跑起来。赶到那团影子跟前时，他意识到，最坏的猜想应验了。

是一个年轻男人。

男人穿着迷彩服和长筒靴，仰着身子，表情痛苦。

特里双腿颤抖着，将手背贴在男人的脖颈上——没有脉搏。

他强忍着没有发出悲鸣。男人的蓝色眼眸，还有那微微泛着茶色的金发，他都有印象。

那是他训练兵时代的挚友，与他同届的马克·吉布森中士的尸体。

※

"推测死亡时间是？"

约翰·尼森俯视着灯光映照下的尸体问道。

他并不困。在南部有国境线的 A 州，军方常会派出直升机、水母船来追踪偷渡入境者。与 R 国的冷战仍在持续，他被叫起来紧急起飞迎击也不止一次两次了。只因为睡不成觉就满腹牢骚的人，无法胜任军队的指挥官一职。

不过，深夜的基地里发生死亡事故，而且死者还和自己不在同一指挥体系内，就连约翰也是初次经历这种事故的现场检验。

"估算一下的话……尸斑较浅，尸僵轻微，据此推测，死亡时间应该是两三个小时之前。"

中年军医打着哈欠回答。与约翰不同，他毫不掩饰困意。"不解剖就没法知道准确的死亡时间。"

约翰看了眼手表。刚过凌晨三点，距离收到特里·拉特利奇中士的紧急联络已经过去了一个小时。如果军医的判断没错，被害人——马克·吉布森中士是在深夜零点至一点之间丧命的。

约翰并不了解生前的吉布森。论原因，级别的差距都还排不上号，单从指挥体系的角度来看，他们就根本没有碰面的机会。

U国的军队频频进行改组，结果有很多基地成了指挥体系与任务都不一样的多个部队混编的组织。T市的空军基地也不例外，执行军务的组织目前主要有三个：

一是负责全军后勤补给的空军后勤司令部的下属组织——军用飞机存储与再部署中心（Military Aircraft Storage and Redistribution Center, MASRC）；二是掌控战略导弹的第十五航空队第十二航空师；三是约翰所属的第十二航空队第八百三十六航空师。

对埋骨场的管理与运用，由这三个组织之中的MASRC负责。死去的吉布森也隶属于这个组织。

也就是说，隶属于第十二航空队的约翰插手在MASRC的地盘埋骨场中发生的死亡事故，本来是越权行为。但这次情况有所不同。

一个基地要发挥其应有的作用，各部队间的协作必不可少。基地内的夜间巡逻任务也是根据各部队人数比例定下排班，由各部队轮流执行的。

第一发现人拉特利奇与约翰同属第十二航空队。

这起死亡事故也已经通知了MASRC，但负责人正在出差，最早也要早上才能赶到这里。约翰算是代理，或者说得难听点，是倒了八辈子霉才得来处理这摊事。

"死因是？"

"看不出明显的外伤。划伤、勒痕、枪伤……尸体上均不可见。推测此人是从机体上摔落后，头部受到了强烈撞击。至于摔落的原因……恐怕是这个。"

军医用戴着白手套的手翻开尸体所穿迷彩服的领口。

尸体左侧锁骨附近的皮肤肿得厉害，中央可见一个小小的，像是用针扎了一下的红色痕迹。

"是蝎子啊。"

蝎子的种类超过一千种，其中毒性强到能杀死人类的蝎子只有不到三十种。栖息于A州的蝎子，正是那不到三十种的毒蝎中的一种。被这种蝎子蜇了，人会出现麻痹、痉挛等症状，严重者会丧命。

约翰环视周围的地面。有可能夺走了吉布森生命的毒虫，此时已不见踪影。土壤又干又硬，别说虫子的痕迹了，就连人的脚印也不明显。

虽然详情尚不清楚，但大致情况已然浮出水面。

吉布森出于某种理由深夜去往飞机埋骨场，不幸殒命。目前还无法断言他是否真的被蝎子蜇了，也有可能是偶然被别的虫子咬了。

不过，无论真正的死因是什么，都不能把他的死简单归结为事故。

约翰抬头望去，几十架战斗机整整齐齐地排列成行。若从正上方俯瞰，可以看到战斗机的排列方式是这样的：两排朝向相反的战斗机机头对着机头排列，将其中一排横向错开半个机身，然后让两排战斗机相互啮合在一起。

两排一组的铁疙瘩宛若墙壁一般配置在埋骨场各处，其间的空隙就成了路和路口。

顺着巡逻路线的视角来看，吉布森的尸体横躺在右侧靠里的行列中的一架战斗机附近。（见图一）

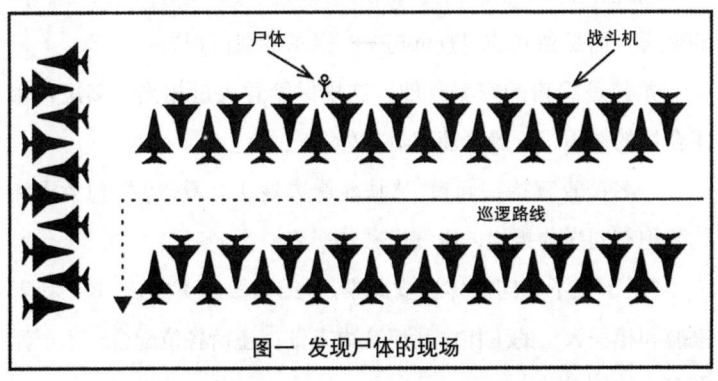

图一　发现尸体的现场

那是丁字路口跟前，差不多在行列中间的一架战斗机。虽然有遮光布包裹，但从形状能大体判断出机型，是ＵＦＡ社制造的战斗轰炸机。ＵＦＡ社首次制造出这种战斗轰炸机已是二十年前的事，该社毫不吝惜地在它身上用上了可变翼、地形跟踪雷达等当时的前沿技术，其后也不断加以改良，后继机型的生产从未间断。

从某种意义上讲，这个机型可以说是现在Ｕ国军队战斗机的原型。而就在它旁边，一名士兵死去了。

深更半夜，他在这种地方做什么？

据速报称，吉布森当天值的应该是白班。再说，飞机埋骨场也不是人在大晚上散步时会去的地方。

该不会……

军医和几名搜查官正在尸体周围做现场检验。

这些人不是辖区的警官。U国军队的基地本身就是一个生活圈，里面有住宅、商店、医院，有的基地甚至还有教堂。

同理，空军内部发生事故或案件时，负责调查的也不是辖区的警署，而是独立的搜查机构——空军特别搜查局。

尤其是T市的空军基地，这里保管着大量相当于高度机密集合体的军用机，绝不能贸然招外人进来。

一名搜查官抬头问道："基地这边是什么看法？"他大概和约翰抱有同样的担忧，语气里透着严肃。

"眼下先不要向媒体透露此事。"约翰做出决定，"联系死者家属和相关人士的工作由我们这边来做。还请各位配合，不要泄露多余的情况。"

2

小睡一会儿后，约翰当天早上便继续展开行动。

在临时会议中，他再次转述案件的速报，询问其他干部的意见。

不出所料，高层的回答是："对外隐瞒此事，在此前提下继续调查。"

调查在特别搜查局的统领下正式启动。吉布森的尸体交由验尸官进行查验，对相关人士的问话也拉开序幕。

对MASRC的士兵，则只是在临时集会上简单告知吉布森的死讯，并下了封口令。

突然听到同伴的死讯，大部分人难掩震惊与困惑。与死者关系亲近的人要么呆立原地，要么咬紧嘴唇。

然而，察觉了情况的几名士兵，脸上都闪过程度或轻或重的僵硬表情。

约翰以旁观者的身份出席集会，将那几个人的脸牢牢记在脑子里。

※

"然后呢？"玛利亚·索尔兹伯里警监插话道，"什么时候才开始说正题啊？好好的一杯酒都快不凉了。"

玛利亚嘴上这么说，但手里的啤酒杯已经空了一多半。也许是因为喝酒不上脸，她快喝完第二杯了，脸颊却只微微泛红。

玛利亚本就貌美，现在更是散发着一股与工作时的气质不同的魅惑气息。

"别催了。"见她用红宝石般闪耀的眼眸注视着自己，约翰费了好大劲才按捺住内心的躁动，"我明白以我的立场不能太强势，但还请你再耐心听一会儿。"

发现尸体的几天后，两人聚在A州F市商业街一家酒吧的角落中。

时间是十九点刚过。F市位于A州中部，从基地开车四小时左右可以到达。相比有大片沙漠地区的A州南部，F市气候更温和，植被覆盖更广，以至于现在这个季节，在外面待着还会觉得有点冷。

话虽如此，由于南部会把空调开得很猛，仅比较室内温度的话，反而是这边比基地热一些。

"调查结果显示，吉布森中士值完白班离开基地后，又在当天二十一点左右回到了基地。他的轿车就停在停车场。只是，他回到基地之后的行踪几乎一片空白。从大门处的哨兵目击到他，到他变成一具尸体，这中间的经过至今仍不明确。"

基地内有住宅区，但也有很多人住在外面，每日在住处与基地之间往返。吉布森独自住在一间公寓里，距离基地开车单程大约二十分钟。

停车场在基地里面。按规定，开车通勤的人须在大门处停车，让哨兵检查军籍牌。

"中士为什么要返回基地呢？"

坐在玛利亚旁边的九条涟刑警提问。

听说这位黑发黑眸的刑警是J国人。眼镜将他的容貌衬托得越发知性，即使在酒桌上，其气质也全然不受影响。他手边只放了一盘搭配沙拉的荤菜和一杯水。

"你不喝酒吗？"

听约翰这么问，涟摇摇头说："酒后驾驶是事故的根源。"

据玛利亚的同事鲍勃·杰拉德验尸官说，涟"每天都要把起不来床的上司强行叫醒，送她去上班"。可以想见，有个脱离常规的上司，下属有多辛苦。

"还不清楚。只要有军籍牌，哨兵就不会一一盘问出入基地的理由。毕竟因为紧急事态而被召回的人也有很多。哨兵做证说吉布森就'看上去慌里慌张的'，还说他超速——虽说基地内的限速只有时速三十公里——开进了基地。可是……"

"实际上并没发生什么紧急事态？"玛利亚理解得极快。

约翰点点头，继续说明情况：

"吉布森中士所属的MASRC方面称，当天没有发生什么值得一提的麻烦，他们也没有召回吉布森。"

"那他是回去拿忘在那里的东西的吗……啊，但是死者身上穿着迷彩服。"

"虽说按规定，在基地内要穿指定的军服，不过如果只是为了取回私人物品，没有人会特意换上军服。这种轻微违规是得到默许的，基地的实际情况就是如此。可更衣室的存衣柜里却存放着他的便服。"

从这些状况可以看出，他是打算进行一项相当耗时的作业。

为保险起见，约翰还去打听过有没有人在更衣室目击吉布森，结果一无所获。二十一点是值小夜的人的工作时间，基本不会有人在这个时候回到更衣室。

"好奇怪啊！"玛利亚用食指抵住下巴，"就好像是专门挑了不会受到任何人盘问的时机进入更衣室一样。到他变成一具尸体为止，没有任何目击线索……他在哪儿、做了些什么？莫非是想偷军备品？"

约翰感到一阵轻微的战栗。

因水母船一案结识后过了几个月，在这段短短的时间中，约翰见识了这位红发警监无与伦比的洞察力。看来仅仅两杯啤酒进肚，不会对她的直觉造成一丝一毫的损害。

"其实高层也怀疑有这种可能。"约翰压低声音说道。

玛利亚和涟睁大眼睛。

"这件事拜托你们千万不要外传。从飞机埋骨场保管的军用机上拆卸零件来修理现役飞机是家常便饭，但这次案发后，经过详细排查发现，从尸体附近的几架飞机上拆卸零件的记录，和其他飞机挪用零件的记录有一些出入。吉布森中士隶属于MASRC的维修部门……他有可能参与了倒卖军用机零件的活动。"

※

没想到会变成这样。

从长时间的问话解放出来，刚一回到自己家里，特里·拉特利奇连衣服都没脱就一头栽到床上。

现在是十六点。夜班后的休息日以始料不及的方式毁了。

他连洗澡的力气都没有。失去挚友的打击再加上搜查官执拗的盘问，将他的心力消磨殆尽。

——对于吉布森中士待在埋骨场的原因，你有没有头绪？

——我听说他值的是白班，以为他肯定已经回家了……我连他当时还在基地都不知道。

——听说你和吉布森中士关系亲近，他最近有没有什么异常之处？

——不知道……现在回想起来，总感觉他显得有点焦躁，不过也许只是我的错觉……

他大致说清楚的也就只有尸体的状态和发出紧急联络前后的情形，对于其他问题，都只能回答"不知道"。

就在一个月前，这位爱好露营的挚友还邀请他同行，在帐篷里喋喋不休地向他发着关于恋人的牢骚——实则是在借机秀恩爱。那时候，他万万没料到如今会发生这种事。

搜查官是否察觉到了？察觉到那家伙昨晚在做什么？

就连只是一介士兵的自己，都意识到这起案件非同小可。显而易见，特别搜查局以及军队高层并不认为挚友的死是单纯的事故。

特里根本不知道吉布森参与了犯罪——直到亲眼看见吉布森尸体的那一刻。

他注意到了。

注意到了，却佯装不知。

已经没有退路了。要是那家伙的罪行暴露，基地乃至空军全体的名誉都难免会受损。

马克……你都干了些什么啊。为什么你什么都没告诉我？

特里的手下意识地动起来，摸了摸裤兜。挚友留下的小物件的坚硬触感隔着布料传到指尖。

他一直望着天花板，几十分钟就这么过去了。他意识到自己从早上到现在还什么都没吃，却没有一丁点食欲。

特里所属的第八百三十六航空师第三百五十五战术训练航空团正如其名，以战斗机飞行训练为主要任务。

就算能驾驶大型卡车，也不一定能自如地操控赛车。同理，要操纵战斗机，也需要根据机型接受相应的训练。T市的空军基地只专攻一种型号的战斗机，即便如此，整个U国军队里有望成为顶尖飞行员的人还是蜂拥而至，在这里一天到晚埋头训练。

特里他们的工作，说白了就是为这些人提供后勤保障。

检修战斗机、制订训练日程、在训练过程中提供支援……工作量很大，但都是杂活儿。说是空军，其实能坐进驾驶舱的只有极少数人。入伍后的这几年里，特里渐渐明白，只有通过层层选拔的精英才有这个资格。

休息日过去了，回到工作岗位后，他从早上起就心不在焉，几乎没法好好干活儿。

周围人的视线如芒在背。都怪你做了多余的事——他感觉大家仿佛在这样责备他。

当然，没有人公开这么说。大部分同事甚至还会安慰他："真是场灾难啊。"然而，他们同情的眼神里多少掺杂着像是在看奇珍异兽一样的好奇心。

碰上其他部队的人时，他承受的视线里所包含的可就不单单是好奇心了。

封口令只是禁止他们将情报泄露到军队外部而已。在军队内部，特里是吉布森尸体的第一发现人这件事早已众所周知。

"他是个很好的军人。"

吉布森的上司安东尼·怀尔斯少尉一开口就说了这样一句不知算是哀悼还是闲聊的话。

据说他四十五岁左右，头顶近乎全秃，只有太阳穴附近还剩下点微鬈的茶色头发。或许是因为不用去第一线了，他的肚子明显堆积着一圈多余的脂肪。

这里是MASRC的办公室。

军用机不像汽车，不是只要飞行员坐进驾驶舱就能飞了。光是申请进行一次飞行训练，就得在相关部门间跑来跑去，找各种人在所需文件上签字。飞行前后的检修更是不可或缺。第三百五十五战术训练航空团里也有维修人员，但筹备零件来替换故障零件是一项工作量很大的任务，一个部队的人手根本不够，故而特里自然有很多机会出入MASRC。

就在他这次来MASRC时，安东尼唐突地说出了这句话。总不能回一句"毕竟都说死人里没有坏人嘛"。犹豫片刻后，他做出最低限度的附和："是的。"

安东尼似乎有些不满地瞥了特里一眼，继续说道：

"他在后勤部门做幕后工作，却从没有过半句怨言，一直默默完成着任务。他是我们的骄傲。我们竟以那样的形式失去了他。令人难以置信……拉特利奇中士，听说你是他的朋友，同时也是尸体的第一发现人。你是不是知道些什么？"

来了。

虽说有心理准备，可是听到这么露骨的质问，心里还是会不舒服。他本就心力交瘁了。

"关于吉布森中士的死，除了在案发现场目睹的情形以外，下官一无所知。下官对搜查局那边也是这么说的……他为什么会在那个时间待在埋骨场，下官对此也感到不可思议。"

"是吗？"

安东尼仍一副不满的样子，但可能是觉得再继续逼问也问不出什么新信息了，在文件上签好字后，粗鲁地把文件塞回特里手里。

"拉特利奇中士，恕我多管闲事，给你一个忠告吧。有句谚语叫'好奇害死猫'。可千万不要冒冒失失地四处打听，刨根问底。"

到底是谁在刨根问底啊！特里拼命忍住想这样大喊的冲动。

他出了MASRC的办公室，在走廊上走着，迎面遇上两个身着军服的男人并肩走来。

胃部一阵抽搐。两人都是熟面孔。他尽力假装平静，敬了个礼，正想从他们身边走过去时，手腕猛地被抓住了。

"喂喂，你这态度也太冷淡了吧，特里·拉特利奇中士？"

吉尔·斯凯尔丁上士用细小而含糊的声音说着，将满是雀斑的脸凑了过来。

此人有着纤细的身材、暗淡的金发与混浊的绿色瞳孔，五官还算端正，但对特里来说吉尔是其想要回避的对象。"我赶时间。"他试图轻轻甩开对方的手，就在这时，另一个男人绕过来堵住他的去路。

"就是，不听前辈的话可不行，你说是不是？"

彼得·奥格上士露出贱兮兮的笑容。

这位则有着黑色短发、灰褐色眼睛与黝黑的皮肤，肌肉发达，体格健硕，与吉尔形成鲜明的对比，有如黑帮电影里黑帮老大的保镖，周身萦绕着暴力的气息。

特里无路可逃。走廊上一个人也没有，即使呼救也没人会来帮忙。回过神来时，吉尔和彼得已经把他拽进了一间空会议室。彼得抓着他的左肩，吉尔抓着他的右肩，两人一起把他按在墙上。

"喂，你这家伙，应该有事得向我们交代吧？"吉尔问道。

特里一句话也说不出来。突然，躯体受到一记重击。

他发出呻吟，感到灼烧般的疼痛。吉尔的右拳陷进特里的腹部，还追击似的扭动了一下。

啊……又来了。

"你是指……什么……"

这次是左侧腹部受到攻击。这一击比吉尔的殴打还狠，更加剧烈的痛楚贯穿身体。

"别装傻了，第一发现人阁下。"

随这句话而来的是第三拨攻击。彼得将左拳从特里的侧腹移开，在他耳边低语："训练兵时期的前辈在亲自问你话呢，诚恳地回答难道不是军人的义务吗？啊？"

"都说了……我什么，都不知道……"

特里感到呼吸困难，费了好大劲才发出声音作答。

"你这浑蛋——"彼得挥起拳头。吉尔制止了他："等等。"

两人松开抓着特里肩膀的手。特里无力地从墙上滑落，瘫倒在地上。

"喂，吉尔——"

"再不停手就麻烦了……好像真的只是碰巧。弄不好会打草惊蛇。"

两人背对着特里窃窃私语。过了一会儿，彼得朝这边瞪过来，愤愤地咂了咂舌。

这就结束了。吉尔和彼得连一句道歉的话都没有，就离开了会议室。

特里靠着墙，有好一会儿都动弹不得。

一天的工作结束，到了回家的时间，特里走向更衣室的脚步却无比沉重。

腹部的疼痛有所缓解，他已经能正常站立、行走了。反而是精神上的疲惫更令他不堪重负。他连换衣服开车回家都嫌麻烦。

稍微出出汗吧。

在身体能承受的范围内活动活动，再冲个澡，也许心情就能畅快些。特里进入更衣室，只从衣柜里拿出毛巾，就来到建筑外面。

不承想，健身房里已经有好多人了。

对军人而言，身体是最大的资本。有不少人在艰苦的训练期结束后，仍带头坚持锻炼身体。不过，特里来这儿锻炼，与其说是为了更好地完成军务，不如说是为了解压。

跑步机、健身车、高拉训练器、腿部伸展机、杠铃……有体育馆那么大的屋子里放着各种机械、器材，每样都不止一台。虽然人没多到需要排长队的程度，但基本每样器材都有一两个人在用。

特里摩挲着腹部，朝放着跑步机和健身车的地方走去。他现在肌肉酸痛，还是选有氧运动比较好。

这时——

意想不到的面孔出现在视野里。特里下意识地躲到健身器材背后。

是 MASRC 的少尉安东尼·怀尔斯。

他不是一个人。吉尔·斯凯尔丁和彼得·奥格两个人正和他并排蹬着健身车。

糟透了。他们怎么会在这种地方？

跑步机在健身车旁边。大摇大摆地过去，肯定会遭到他们百般责难。

没办法，今天只能先算了。特里转身往门口走去，这才注意到那个人也在。

那个男人有着铜褐色短发与深灰色眼睛，身穿灰色 T 恤衫和五分裤，一遍又一遍地做着腿部训练，其间表情始终如一。

是第十二航空队的约翰·尼森少校。

虽说不是直属，但他也算是特里的上级。特里平日在健身房偶尔会看到他的身影。

话说回来，他们的关系并没有亲密到可以在一起闲聊的地步。中士与少校的等级可谓天差地别。

听说他三十岁出头。到了少校这个级别，按说很少会亲自处理军务，应该是指挥其他士兵行动的情况多一些。然而他默默训练的表情无比认真。

约翰的体格不像彼得那么健硕，却也不似吉尔那般纤细。他将对体形的把控做到了极致，锻炼出豹子一般的身躯。

那样的身躯，自己远远比不上啊。特里叹息着，轻手轻脚地朝门口走去。

"今天不锻炼了吗，特里·拉特利奇中士？"

冷不防听到约翰向自己搭话，特里差点跳了起来。

您怎么认识我——他话到嘴边又咽了回去。传言沸沸扬扬，少校又与他同属第十二航空队，认识他也不奇怪。

"身体有点不舒服。"

"这样啊。抱歉刚才叫住你。"

约翰像什么都没发生似的，继续做着训练。谢天谢地，少校似乎对他态度冷淡，没问东问西就放他走了。

特里看向身后。安东尼他们依然蹬着健身车，看样子完全没注意到他。他松了口气，对约翰微微鞠躬致意，随后再次走向门口。

离开前的瞬间，余光捕捉到约翰的侧脸。特里起了一身鸡皮疙瘩。

少校那双深灰色的眼睛，正将冷峻的目光射向前方的安东尼等三人。

3

"喂，这有点不妙吧？"玛利亚压低声音，"军用机可是集各类高度机密于一身。死者有可能真的把军用机零件拿去倒卖了……空军的纪律难道只是一纸空文吗？"

"我倒是觉得像你这样每个月都预支工资的人，没资格大谈特谈纪律云云。"

"才没有每个月都预支！"

也就是说还是会时不时地预支喽。约翰把目中无人的红发警监这并不太令人意外的一面悄悄记在脑海中，嘴上答了句"唉，我完全没法反驳"。

"上次那件事还没解决，又出了这档子事，高层也很头疼。"

"上次那件事"指的是约翰结识玛利亚和涟的契机——水母船坠毁案。尽管弄清楚了案件全貌，但此事至今未能彻底解决。

玛利亚和涟竭尽全力进行了搜查，可总不能把时间无止境地消耗在水母船一案上。现在他们向邻近各州的警署和空军的其他部队请求协助，布下天罗地网，自己则已基本回到日常工作中。

不过，也不能把事情全都甩给别人，归根结底，这起案件是由空军的失职引发的。媒体隐去了案件的详情，但这事拖得越久，曝光的风险就越高。约翰会定期拜访玛利亚和涟所属的F警署，与他们就水母船一案的搜查状况交换情报。

今晚的酒席，简而言之就是例行会议后的聚会。

其实玛利亚每次都试图喊上约翰——几乎毫无疑问是奔着酒精去的。但从F警署开车回T市要花四小时，要是晚上陪他们聚会，就得在F市那边住一宿了。考虑到自己还有军务要处理，约翰此前总是拒绝玛利亚的邀请。

唯独这次情况有所不同。

聚会地点似乎是黑发刑警安排的。这一桌离周围其他桌有些距离，加之有柱子和赏叶植物的盆栽遮挡视线，不必担心有人偷听。

"你刚才的措辞是'有可能'。还没发现能证明吉布森中士参与倒卖军用机零件的证据吗？"涟问道。

"只有状况证据。从他的轿车里找到了他的包，不过里面只有一些私人物品。"

钱包、驾照、与疑似交往对象的女性的合影。显眼的遗物只有这些。车钥匙就揣在衣柜里那套便服的裤兜里。

问题是，事情并没有那么简单。

"这只是我的个人看法，倒卖一事不是单独作案。独自一人拆卸并带走军用机零件而不被任何人发现，这近乎不可能。"

"你是说，这是 MASRC 的集团犯罪？"玛利亚问道。

"我认为至少有多名人员参与此事，而且是长期参与。埋骨场里保管着四千架飞机，这些飞机虽说都已经退役，但每一架都是军队的宝贵财产。军方会定期确认机体状况，实施维修，并记录在册。尽管如此，还是有零件丢失。也就是说——"

"作案者在有组织地掩盖罪行，所以底气十足，觉得只稍微偷一点不会败露。而士兵同伴中的一人在基地里死去……最后查出的死因是什么？"

"验尸结果显示，尸体后头骨骨折，并伴有脑挫伤。至于左侧锁骨附近的刺痕，基本可以确定是蝎子造成的。还不清楚哪个才是致命伤。我们目前的推断是：死者在机体上被蝎子蜇伤，失去平衡掉到地面上，后脑勺受到了强烈撞击。"

不知不觉间有毒虫爬上了后背——民间也常有这样的传闻。

离尸体最近的飞机，其机翼距地面高度约为一点五米。即便只有这点距离，掉下来撞到要害的话，人也会轻易死亡。埋骨场的地面很硬，以至不需要铺路。

这一推断还有其他佐证：在覆盖着机体的遮光布表面，机翼上面的那部分，有拂去沙尘的痕迹。

大概是定期检修的缘故，大部分机体遮光布表面的沙尘上都留有手印和脚印，只是这些手印和脚印上面大多又会蒙上新的沙尘。拂拭机翼，想必是为了抹去新留下的脚印和指纹。

"好奇怪啊。"这次是涟喃喃自语，"推测死亡时间是夜里零点到一点之间，假如吉布森中士当时是爬到机体上面去拆卸零件了，那么照明设备是必需的。埋骨场再怎么广阔，深夜里发出亮光，也会有引起别人注意的危险。"

"正是如此。"

虽然光芒常常隐没在耀眼的上司背后，但黑发刑警的洞察力与上司相比毫不逊色。

"实际上，吉布森中士试图进行的并不是拆卸作业。从他在大门处'看上去慌里慌张的'这一证词来推测，他要做的可能是一件简单但紧急的事，比如，去取回会成为倒卖罪证据的遗失物品。"

用来拆卸零件的工具，抑或倒卖零件中的一部分，哪怕只是一把螺丝刀、一枚螺丝钉，如果出现在本不应出现的地方，倒卖的事实也极有可能因此败露。

那天晚上是新月，月光暗淡。反过来说，被人发现的风险也很低。吉布森或许是出于这个判断而选择在那天行动。

换上迷彩服，是怕万一被人发现而采取的保险措施吧。若是穿着便服在广阔的埋骨场徘徊，必然会遭到怀疑。爬上机翼，是为了在遮光布的缝隙里寻找遗失物品。

"但是，约翰，"玛利亚已经喝光第三杯酒，"既然都了解得这么透彻了，参与倒卖的家伙都有谁，你肯定有头绪了吧？严加审问让他们招供不就行了？"

"要是能这么简单,我就不用这么辛苦了。"约翰此刻有些憎恨玛利亚的敏锐,"其实正如你所说,我已经锁定了吉布森以外的嫌疑人。"

约翰依次回想在MASRC的紧急集会上露出僵硬表情的人。

维修部门实质上的负责人,安东尼·怀尔斯少尉。

怀尔斯的直属下属,吉尔·斯凯尔丁上士。

同样是怀尔斯直属下属的彼得·奥格上士。

嫌疑人名单上还有另外几个人。但由于半私人的偶然因素,约翰对这三个人的怀疑越来越深。

从发现尸体当晚又经过两个黎明,那一天,约翰处理完军务,来到健身房,看到三人都在蹬健身车。

他正借做日常锻炼之机不动声色地观察他们。这时,尸体的第一发现人特里·拉特利奇一副心不在焉的样子进来后,突然脸色大变,躲到健身器材后面窥视那三人,随即便想离开。

约翰还没蠢到理解不了这一连串现象意味着什么。

怀尔斯等三人装作在锻炼,实则在密谈。

拉特利奇大概与这三人中的某人有着称不上友好的关系。

详情就只能想象了。MASRC的这两个上士和第十二航空队的这个中士在训练兵时期是前辈与后辈的关系这一事实,以及拉特利奇恐怕是无意识地放到腹部的右手,暗暗说明了大致情况。

那三人去试探拉特利奇了。

他们是不是去逼问拉特利奇了?问他有没有看到多余的东西?拉特利奇是吉布森的挚友,这无疑令三人越发疑神疑鬼。

据说在特别搜查局的问话中,拉特利奇讲述发现尸体的情形时,只说"下官在巡逻时无意中看向那边,看见了飞机之间尸体的影子",对于其他大多数问题,则一概答以"不知道"。可是,就算再怎么不情愿，拉特利奇应该也察觉到了，挚友卷进了非同小可的事件中。

况且，拉特利奇本人的不在场证明业已得到确认。他是午夜零点换班，一点半出发去巡逻的，其间没有离开过建筑。有警卫兵在场，所以他也不可能在建筑内杀害吉布森后，再趁出去巡逻的机会把尸体搬运出去。

"只不过这次并不是单纯的违反军纪。要是空军单独进行审问，保不齐会让特别搜查局觉得整个基地都在企图掩盖这件事。"

约翰倒是可以私下接触那三人，但贸然这样做会导致他们戒心加重。他不能擅自插手调查。

"那你要拜托我们的事到底是什么？丑话说在前头，我们警署可既没有权限也没有义务调查你们军方的丑闻。我们也很忙的。"

不，完全看不出你们有多忙。

约翰把差点脱口而出的这句话咽了回去。白天交流情报时，中途数次有其他搜查官叫他们——主要是涟——出去，这的确是事实。

"我想借助你们的智慧。高层想要尽快解决这次的疑团，但就像我刚才说的那样，就现状而言，我没法随心所欲地行动。"

"不了解一线情况的干部可真会折腾人。"涟吐出尖刻的话语，"不过从你刚才所说的来看，感觉轮不到我们出场啊。既然都锁定嫌疑人了，现在不是应该向搜查局提供情报并请求指示吗？"

"你说得很对，但是，这也只是我的个人看法——我怀疑这起案件并不仅仅是有人参与倒卖那么简单。"

一瞬的沉默闪过席间。玛利亚眼角上扬。

"你怀疑中士的死不是事故,而是有人杀人灭口?"

"说白了就是这样。恕我推翻刚才的论断——如果是为了取回遗失物品,吉布森中士没必要选择昏暗的新月之夜,第二天白天再过去也不迟。他可以借口检查机体,光明正大地去现场。再说,要是那个遗失物品那么显眼,甚至有被深夜巡逻的人发现的危险,那么他直到夜深之时都没注意到东西丢了,这就太奇怪了。可他却在夜里慌里慌张地回到了基地。能解释这个矛盾的答案不多:要么那东西虽然只是个小物件,但十分重要,必须尽快取回;要么就是——"

"同伙叫他过去的?"

听玛利亚这么问,约翰点点头。

"参与倒卖的人员之间起了内讧,结果吉布森中士惨遭灭口。我认为不能排除这种可能。"

"可是,要怎么做?假设吉布森中士在基地里遇害,那凶手也必须进入基地。打电话叫中士过去的话,风险也太大了,一查通话记录就能锁定嫌疑人。"

"基地里不仅有军事相关设施,还有住宅区和商店……当然也有公用电话。"

"这么说来,在基地里把人叫出来而不露马脚的方法还是存在的喽。"

恐怕还有证据遗留,请火速前去确认——估计是传达了这类指令吧。想来吉布森也没法拒绝。总之,凶手把吉布森叫回了基地,夺走其性命,并伪装成事故。

这种臆测并非毫无根据。

嫌疑人之一彼得·奥格和家人一起住在基地里的住宅区,案发当天值白班。他称自己在夜深之前就睡下了。

吉尔·斯凯尔丁则住在与基地相邻的住宅街，从他家到发现尸体的埋骨场的地皮边界，步行用不了二十分钟。他和奥格一样，案发当天值白班。

唯一因当时正在出差而被认为有不在场证明的安东尼·怀尔斯，经证实，也在当天二十三点四十分回到了T市的家里。从他家到基地开车大约十分钟。他表示在有人报告发现尸体的时间段——凌晨两点多，他和家人都睡得正沉，没能接电话。他称自己于次日七点半从家里出发，来到基地后才得知事态，但除了本人和家人的证词以外，没有其他佐证。

大门处的哨兵之所以记得吉布森进入基地的事，很大程度上是因为二十一点这个时间不前不后。哨兵做伪证的可能性很低。除了在同一个基地工作以外，哨兵和几名嫌疑人之间没有别的联系。

不过在换班的时间段——八点、十六点以及午夜零点前后，就另当别论了。

在这些时间段，出入基地的人很多，难以逐一记住谁在什么时候进入了基地。不能排除那三人钻了这个空子的可能。

总而言之，在推测死亡时间——深夜零点至一点，奥格、斯凯尔丁和怀尔斯都没有牢固的不在场证明。

话说回来，臆测终归只是臆测。

将他杀伪装成被蝎子蜇伤后摔落的事故。面对训练有素的军人，究竟能否如此轻易地实施这种复杂的伪装杀人？

他们是不是绑住吉布森后放了毒虫？约翰也曾这样猜测，但验尸官表示并未在尸体上发现绑缚抑或争斗的痕迹。

如果只是为了杀害死者，在白天而非深夜伪装成维修时发生的事故，再不然伪装成自杀，方法要多少有多少。

"这么说或许会让你见笑，在军队里，士兵自杀不是什么新鲜事。承受不住严酷训练的人，被送上战场后精神崩溃的人，还有沦为欺凌靶子的人，都可能会自杀。军队内部的自杀事件不会公开，大多数情况下也不会进行调查。虽然这很不合理。"

玛利亚扬了扬眉毛。

"同样是杀人灭口，伪装成自杀更有利于避免把事情闹大。可若是把此事单纯归结为事故，又存在许多疑点。"

"就是这样。搜查局目前似乎还没有深入调查吉布森中士遇害一事本身，而是在着重调查倒卖这条线，但不一定能找到足以逮捕并处罚倒卖者的证据。就算找到证据，也很有可能把他的死当作不幸的事故处理。

"马克·吉布森中士的死是不是事故；如果不是事故，是谁用什么方法杀害他的——这就是我想借助你们的智慧来解决的疑问。"

沉默再次降临。玛利亚垂眸看向桌子，食指抵在下巴上。

"尼森少校，"涟冷不丁地问道，"你为什么这么在意这起案件呢？"

"为什么……你是指什么？"

"MASRC和第十二航空队的指挥体系不同。虽说隶属于同一个基地，但身为第十二航空队少校的你，竟然为了在MASRC发生的案件向我们请求协助，我想不出你插手这么深的理由。"

约翰一时语塞。

"不仅是因为军人的骄傲。还有一半是私人原因——对这次的事袖手旁观，就太对不起死去的那家伙了。"

玛利亚猛然抬起头。涟也睁大双眼。

"嗯……哎呀，这样说不清楚吗？"

约翰意外地感到自己好像醉了。原本没打算讲述的过往的碎片从口中滑落。

他正犹豫着要从何说起——

"OK，约翰。"玛利亚轻轻张开双臂，"你都说到这份儿上了，我也不好拒绝。我们会帮你。涟，没意见吧？"

"在不会妨碍我的工作的前提下。"

"你是想说我很闲吗？！"

像往常一样拌着嘴的两人丝毫没有嫌麻烦的样子，也没催促约翰继续说刚才的话题。

"给你们添麻烦了，实在感激不尽。不过真的可以吗？虽然拜托你们帮忙之后又这么问有点奇怪……"

"遇到困难时就是要互相帮助嘛。但是——"玛利亚的红唇勾起一抹意味深长的笑，"光是你刚才说的那些，情报还不够。另外，脑力劳动也是劳动，我可不喜欢做白工。"

"这顿我请客。回头我准备好必要的资料给你们。无论成功与否，我都会另外准备谢礼作为提供协助的回报，只是不知道能在多大程度上满足你们的期待。"

"再好不过！"红发警监发出欢呼。黑发刑警默默叹了口气。

结果，玛利亚在连喝五杯酒后，半醉半醒地被涟拖着来到酒吧外面。

这副狼狈相让人完全看不出她是个警监。"她还有醉得比这更厉害的时候。"来自 J 国的下属若无其事地回答。约翰眼前仿佛浮现出玛利亚明早因宿醉而一脸痛苦的模样。

来到停车场后，涟用车钥匙打开车门，以熟练的动作把玛利亚塞进副驾驶座，然后向约翰欠身致意，坐进驾驶座，缓缓发动汽车。

目送汽车载着两人消失在街头后，约翰往住宿处走去。步行十分钟就能到，近在咫尺。

夜幕之下，F市的商业街彻底呈现出另一副面貌。手表指针已走过九点。汽车车灯与商店窗户透出的光芒照亮街道。

夜空蒙着一层薄雾。大片地区都是沙漠的南部与拥有举世闻名的国立公园的北部，虽同属A州，气候却迥异。F市位于二者交界处，市区植被覆盖率很高，而出了市区再往外一些，则是无尽的荒野。

听说涟的祖国也一样，南北方气候差别大得像两个世界，不过大半国土都是山林地带，基本见不到"无边无际的荒野"这种景象。

自己刚来A州赴任时也是不知所措啊。

在约翰的家乡，蝎子这类生物只存在于图鉴中。被丰饶的大自然所围绕的狭小逼仄的城镇，就是他进入军官学校之前身处的世界。

对于离开令人喘不过气的家乡，踏上从军之路这个决定，约翰并不后悔。可是，在自己选择的这条路上前进的过程中，他也曾生出后悔的情绪。

——你为什么这么在意这起案件呢？

他回答涟的话没有半分虚假。

一半是因为军人的骄傲；另一半原因，是军官候补生约翰·尼森的负面回忆。

※

得知军官学校时代的朋友奥利弗·厄克特在家里开枪自杀时，那犹如胃里灌了铅的感觉，约翰至今记忆犹新。

军官候补生来自U国全国各地，老家在哪儿的都有。

从西海岸和东海岸的沿海城市，到比约翰的家乡还要遥远的偏僻乡村，他们的家乡遍布五湖四海。怀抱纯粹爱国心的人、毫不掩饰出人头地欲望的人、战斗机狂热爱好者，抑或只是为了填饱肚子而从军的人，形形色色的人会聚一堂。

来到军官学校的都是志在为U国人民出生入死的人——原本对此深信不疑的约翰，在发现许多人并非如此之后，受到的打击不可谓不大。

更别提本应攻击敌人、保护队友的军人，竟会欺凌未来将成为队友的同伴，这对当时的约翰而言是根本无法想象的。

约翰进入军官学校没多久，就与奥利弗关系亲近起来。

这位青年自称是"为了填饱肚子"而历尽千辛万苦从贫穷的小镇考进军官学校的。"我要为了父母和兄弟成为优秀的军人。"他淳朴地笑着说道。

可过了几个月，笑容飞速从朋友脸上消失了。

无论约翰怎么追问，他都只是固执地摇头说"没什么"。

后来才知道是发生了欺凌。

几名高年级生和同级生勾朋结党，对"口音浓重的无礼乡巴佬"施加制裁。

要是再晚半个月发现——要是约翰没有碰巧目睹朋友被按在

墙上殴打腹部,从而出手制止的话——也许加害者们现在依然在大模大样地畅谈出人头地之路。

但这也不过是避免了那帮加害者逃脱应得的惩罚而已。

那帮人受到开除处分,差不多同一时期,朋友也从军官学校退学了。

——我已经累了。

这是朋友在告别之际留下的话。

约翰无从知晓奥利弗心中涌动着怎样的情绪。是想到只为了"填饱肚子",毕业后也不得不体验同样的地狱,因而忍无可忍吗?还是对无法忍受这些的自己感到心灰意冷呢?

唯一能确定的是,朋友遭受的这一连串虐待,撕碎了他所怀抱的"为了父母和兄弟成为优秀的军人"这个梦想,令他对军队的憧憬灰飞烟灭。

为什么没能早点发现呢?为什么没有更加强硬地问出真相呢?

约翰本就饱受自责之念的折磨,雪上加霜的是,又传来朋友自杀的消息。

那是他退学仅半个月之后的事。

※

回到酒店后,约翰麻利地脱掉西服上衣,解下领带。

和穿惯了的军服相比,商务西服实在太紧,穿起来行动不便。不过约翰还没鲁莽到穿着军服去酒吧提私人请求的程度。

与那位前无古人的红发警监也渐渐混熟了,拜此所赐,他时常处于松懈边缘。但身为军人,必须做到公私分明。

身为军人吗……

离开家乡十几年了,他晋升到少校这一肩负重任的职位,在旁人看来,他正走在足以自豪地面对家人、面对 U 国人民的道路上。可是——

"航线略微偏离了当初的设想啊。"

或许是酒精的作用,脑子里的想法又从嘴里溜了出来。

跟许多立志进入空军的人一样,约翰当初的目标是成为战斗机飞行员。

然而,水母船的登场,令约翰的军人生涯发生了天翻地覆的变化。

没有不能挪用到军事领域的技术。对于获得"改变了航空器的历史"这般高评价的真空气囊式飞艇,军方没道理不盯上。约翰在正式成为军人的短短几年后,就受命调任至新成立的气囊式飞艇部队。

A 州 T 市郊外的空军基地。负责制造水母船的航空器制造公司 UFA 社附近的这个地方,被选中作为新部队的据点。

上级对他说:"你头脑清晰,应变能力也很强,当一个普通飞行员有点浪费了。"就这样,他从小怀抱的天真无邪的梦想,算是彻底破灭了。

他遏制住内心的失望,答应了调动。在军队里,上级的指令不是那么好拒绝的。没有纪律,不成军队。

更何况,军官学校时代的苦涩回忆让约翰明白,幼年时的憧憬终归只是憧憬。

从那以后又过去许多岁月,今年发生了与水母船的开发相关的大案,他因此而结识玛利亚·索尔兹伯里和九条涟这两名警官并与之深交,这是他此前怎么也想象不到的。

这次案件的被害人马克·吉布森又是如何？

对他来说，在飞机埋骨场的日子是否称心如意呢？

M州出身，从当地的高中毕业后进入空军部队，分配至远离老家的A州基地……除了家乡不同以外，吉布森的个人履历与约翰十分相似。他也是因为憧憬广阔的天空才成为空军士兵的吗？

可他分到的任务，却是将他永远束缚在地面的军用机维修。

对战斗机的运用，不是只靠少数精英飞行员就能行的。对机体的检修、在跑道上的引导、来自指令室的通信……有众多士兵在幕后支援，飞行员才得以安心起飞。

没有任何一个任务是不重要的。检修机体时，哪怕有一处疏忽，严重者甚至会导致造价上亿美元的战斗机报废，令花费漫长时间培养出来的飞行员丧命。

但理性上的认知与情感上的接受相隔甚远。

我不是想做这种工作才进入空军的——是这样的情感让他走上了倒卖军用机零件的歧途吗？

特别搜查局的资料显示，吉布森在T市的公寓过着独居生活。他似乎没有记日记的习惯，在他的房间里，没有发现流露对军务不满的文字，或是能证明他参与倒卖的证据。

要说勉强能称作线索的东西，就只有包里的一张照片。是他和疑似恋人的女性在像是自然公园的地方肩靠肩的合影。

但不知他们是不是已经分手了，房间里没有找到记录这名女性名字与联系方式的便条之类的东西，军方和辖区警署目前也尚未收到疑似来自该名女性的问询。

他和M州老家的亲人也几乎没有联系，电话与书信交流的次数屈指可数。特别搜查局的看法是，从吉布森的私生活这条线追查其倒卖罪行相当困难。

自己这是在做什么啊。

正如涟指出的，此案本应交由特别搜查局全权处理。尽管如此，他却不惜私下向玛利亚和涟请求协助，试图解决此案，这无非是因为有不少近乎私怨的情感掺杂了进来。

就如感到马克·吉布森的境遇与自己相似一样。

想必曾多次遭受斯凯尔丁等人欺凌的特里·拉特利奇的境遇，与亡故友人的境遇重叠在一起。

※

第二天，约翰身着军服进入办公室，发现办公桌上放着一张便条。

"F警署打来电话，请求立即联络。"

玛利亚和涟似乎火速展开了行动。自从水母船一案以来，警署给约翰打来电话，已经不会让基地的人起疑心了。

约翰拿起电话听筒，不看便条就拨下F警署的号码。对面的人好像也习惯了，一听约翰自报姓名，立马把电话转接给玛利亚。

"约翰？够快的啊……这不是还不到十点吗？"

玛利亚果然是宿醉状态，声音略显沙哑。

"毕竟我一直在经受严格的训练。"

他凌晨四点从酒店退房，在高速公路沿途服务区凑合着吃过早饭，八点多回到基地。补上前一天未能进行的锻炼后，现在是九点半。他事先打过招呼，留出些富余说预计十点多回来，所以一切无碍。"说吧，有什么事？"

"想让你给我送点东西。"宿醉的气息从玛利亚的声音中消失了，"总之先给我发现尸体的现场周边的示意图，还有埋骨场的整体图。越精细越好，要能显示出飞机是以怎样的方式排列的，尸体是在哪一架飞机附近发现的，等等。有这种图吗？没有就做一份。"

4

"拉特利奇中士，抱歉这么晚还打扰你休息。我只有这个时间有空。"

听到约翰·尼森少校向自己道歉，特里只能回以一句"没关系，不用介意"。

从发现尸体的那个阴森夜晚算起，大约一个星期之后，深夜零点已过。这里是飞机埋骨场的正中央。

干燥的空气、闪耀的群星、黑暗中依稀浮现的无数机体。一切都与那一夜如出一辙。

不同之处则是，今夜低垂于西边天空的是上弦月而非新月，以及有约翰·尼森少校同行。

比自己高了好几个级别，散发着豹子般气息的司令官，此刻就在自己右边，陪同巡逻埋骨场。

——我应特别搜查局的要求协助调查，想再确认一下发现尸体的现场的情况。

少校这样解释道。

特里控制不住地紧张起来。大概是看不下去他这个样子，少校苦笑着说："不用这么紧张，放松点。是我非要你来的……不用担心，会有深夜出勤的补贴。"

特里分不清这话是认真的还是在开玩笑。少顷，他张开口，只说出一句"知道了"。

会不会显得太冷淡了？黑暗之中，他向身侧瞟了一眼：少校目视前方，看起来并没有感到不悦。特里也把视线移回前方。灯光映照着干燥的地面。

他们就这么沉默地前进。无数机影从特里和约翰的身旁倒退。特里终于受不了这沉默，开口问道：

"少校，您为什么要在这种时间视察呢？要确认现场的话，白天不是更方便吗？"

"吉布森中士是在深夜丧命的，说不定会有只在这个时间段才能发现的细节。让你带我按那天的巡逻路线走，也是这个缘故。案发当天，你发现尸体之前，有没有注意到什么异常之处？无论多细微的不自然之处都可以，要是想起什么，不必顾虑，务必告诉我。"

"明白了。"

就算问他异常之处，他也只能回答说什么都没注意到。有没有蝎子潜藏在这里？夜晚的埋骨场真瘆人啊……他脑子里净是这些连细枝末节都称不上的念头。

况且，发现马克的尸体带来的冲击，令他之前那些琐碎的记忆消散无踪。事到如今再重复一遍那天的行动轨迹，他也不觉得会有什么收获。

——不，真是如此吗？

若真是如此，为什么紧张的心情一点也不见缓和？

自己的手上为什么会渗出这么多汗……

"对了，我听说你是吉布森中士的朋友。"

"是的。"他的声音变尖了,"我们以前是同一届训练兵,休息日会一起吃饭,一块儿发发牢骚——啊,那个,对不起,我们抱怨的绝对不是少校您。"

"用不着道歉。我也一样对上级和军务的现状心怀不满,以前和现在都是。"

"现在也是吗?"

"很意外?"约翰的语气没有变化,"我也不是圣人君子。在高层看来,我也不过是底层小兵罢了。只要军队里还存在等级,那么无论处于什么样的地位,'对上级的不满'都会如影随形。中士也好,少校也罢,乃至上将、总司令,恐怕都是如此。唯一的例外也就是总统了吧?"

"在下官听来,这些都是离自己很遥远的事。"

这样啊——少校喃喃道。

沉默又一次降临。本来快要忘记的紧张再度袭来。

回过神来时,他们已逐渐接近那个地方——特里用无线电对讲机汇报突发状况的不祥之地。

"快到了吧。"约翰说。

特里连手心的汗都顾不上擦,拐了个弯。

灯光照亮路面,干燥的土壤裸露在外。一架架飞机成了一团团黑影,排列在道路左右。

马克的尸体就倒在右侧的行列中间。那个夜晚,他握紧无线电对讲机的麦克风,声音颤抖……

"原来如此。"

少校自言自语。

"根本看不见哪。"

心脏冻结了。

"你那天和现在一样，是开着军用车在埋骨场巡逻的吧？车灯能照亮的是道路正前方，顶多能照亮左右第一排飞机。你为什么会看见倒在第二排飞机阴影里的尸体？"

特里踩下刹车。

伴随刺耳的声音，军用车猛地停下。安全带嵌进身体。

"怎么了，中士？"

明明自己踩了急刹车，约翰的声音却丝毫未乱。关掉室内灯后，一片黑暗之中，冷峻的目光向这边投来。

"你曾做证说'在巡逻时无意中看向那边，看见了飞机之间尸体的影子'，对吧？基地内限速为时速三十公里，是步行速度的将近八倍。真亏你能在以接近短跑的速度前进的过程中，只是'无意中看向那边'，就发现了路边隐没于黑暗中的尸体啊。还是说，你开车时在凝神注视旁边？注视着远离驾驶座的那一边——隔着副驾驶座的右侧车窗？"

特里感到呼吸异常困难，仿佛被人扼住了喉咙。他费力挤出声音说道：

"您这么说，下官也不知该怎么回答……当时下官放慢了车速……实际上的确看见了，也只能如实相告……"

"说谎。"约翰断言，"我查阅了埋骨场的巡逻记录。近一年来，你的巡逻时间明显比所有值班者的平均值要短，简直让人感觉你是以接近限速上限的速度目不斜视地行驶的。难不成你偏偏在案发当天偶然放慢车速，仔细观察着周围吗？"

特里面如土色。

是啊……半夜三更的埋骨场如废弃鬼城一般瘆人，自己总是飞快地完成巡逻。没想到会以这样的形式受到指责。

不，问题不在于暴露了自己巡逻时有多糊弄。

他说查阅了记录？少校该不会从一开始就——

"可你还是在那个地方发现了尸体。不，是发出紧急联络声称在那里发现了尸体。你为什么能做到这种事？答案只有一个：是你把尸体放到了那个地方。我说的有错吗？"

特里头一次体会到腿软的感觉。

什么程度——他了解到了什么程度？！

"您是想说，下官把马克①……把吉布森中士杀害了吗？"

"不，你有不在场证明。吉布森中士的推测死亡时间是夜里零点到一点之间。而你在零点换班，一点三十分离开建筑，出发去巡逻。如果是你杀害了吉布森中士，那要么是出发巡逻前在建筑内下的手，要么就是在建筑周围。这样的话，要想把尸体运送到那个地方，你就只能把尸体装进巡逻用的军用车里。但建筑配有警卫兵，避过他们的耳目往车里装尸体太过危险。

"你只是移动了尸体——从原本的死亡现场移动到了别的地方。巡逻过程中，你在埋骨场的某个地方发现了吉布森中士的尸体，然后把尸体移动到那个地方，并表现得好像是在那个地方发现尸体的一样。这才是事实。"

"下……"湿汗顺着太阳穴流下，特里拼命活动下巴张开嘴，"下官不明白您的意思。下官不可能发现尸体，这不是少校您说的吗？可您又说……下官还是发现了尸体？！还能在哪里发现呢！"

"丁字路口。"

约翰这一句话击穿了特里的心脏。

---

① 原文为"特里"，疑为作者笔误。

"你一贯目不斜视地草草巡逻,不可能看到路边深处的尸体。但只有一个地方,即使是你也能发现倒在那里的尸体,那就是丁字路口。开着军用车在竖线对应的路从下往上行驶,车灯会照亮竖线尽头与横线这条路的交会之处。在车灯的光芒中,你发现了位于正前方的吉布森中士。"

※

啊……没错。

他努力抵抗着抄近道的诱惑,沿着巡逻路线前进。

拐了几次弯,来到丁字路口时,在车灯映照下的路尽头的深处,发现了战斗机行列空隙间的影子。

——横陈于地面的,过于不自然的人影。

他慌忙停下军用车,从驾驶座上下来,单手打着手电筒跑过去。

等待他的是最糟糕的事态。

挚友马克·吉布森倒在干燥的地面上,已经停止呼吸。

※

"下官难以理解。"尽管明白防线已被击溃,特里还是试着反击,"如果下官是在丁字路口发现尸体的,那为什么非得移动尸体不可?发现尸体后当场联络汇报不就行了吗……下官实际上就是这样做的。"

"打算装傻到底吗?"少校的声音冷峻至极,"那我就来回答一下你的问题吧。你移动尸体,是因为不想让人发现真正的死亡现场。为什么不想让人发现呢？因为能证明吉布森中士真正罪行的证据遗落在那里。不是指倒卖的事。吉布森中士试图把个人犯罪的证据藏到埋骨场里，却在此丧命。你想要掩盖这个事实，于是把尸体移动到了别的地方。"

意识渐渐涣散。

"吉布森中士回到基地是在二十一点。从那时起，一直到发现尸体之前，没有任何关于他的目击证词。他把轿车停到停车场，在更衣室换上迷彩服之后的行迹，至今仍不明确。他的推测死亡时间是夜里零点到一点。从穿过大门，到变成一具尸体，这中间有三四个小时的空白。在这段时间里，他在基地里的什么地方做了些什么？

"他没有被绑住。除了蝎子留下的蜇痕和后脑勺的撞伤以外，尸体上没有发现任何痕迹。也没有和别人打斗的痕迹。那么，能够考虑的解释就有限了。他是故意避人耳目去往埋骨场的。不得不承认他怀有某种犯罪意图。"

"要是……要是这么说的话！"特里挤出的声音简直如同弥留之际的喘息，"并不能断定吉布森中士犯的具体是什么罪啊……他也可能是在处理跟倒卖飞机零件有关的事。"

"夜里'看上去慌里慌张的'，就只是去干这个，是吗？

"假如真像你所说，吉布森中士是在处理与倒卖有关的事，那么他在二十一点这个不前不后的时间返回基地，就让人感到很费解。如果是要拆卸零件，完成工作后假装加班就行了。如果是要取回落下的工具，第二天工作时，机会要多少有多少。他没有迫切的理由'在二十一点慌张地'回到基地。

"要说有的话，那就与倒卖无关，而只可能是马克·吉布森与军务无关的私生活中发生了导致他需要这样做的事态。"

"导致他需要这样做的……事态？"

"吉布森中士好像有个交往对象吧。"

特里不禁发出无声的呻吟。

"他的包里有一张照片，是他和一名女性的合影。可是，他死了，军方和辖区警署却一次也没有接到疑似来自该名女性的问询。有两种可能：一是这名女性跟他分手了；二是她由于某种缘故陷入了无法与人联络的状态。拉特利奇中士，你完全没听挚友吉布森中士提起过这名女性吗？"

这不是询问，而是质问。特里的嘴唇徒劳地上下开合。

"我已经把此事转达给 T 警署。对该名女性下落的搜寻，以及对吉布森中士的房间及私人物品的搜查都正在进行，应该近日就会有人汇报进展。

"吉布森中士想要藏起来的，是沾有血液的凶器或衣物之类的证物，或者能证明该名女性身份的物品——估计是订婚戒指一类的饰品吧。这样一来，只要脱光她的衣物并毁坏面部，即便有人发现了她的尸体，搜查人员也不会那么快就查到自己头上来。他可能是这么判断的。"

尸体——

虽然是假设句，但少校的确说出了"尸体"这个词。他已然料想到最糟糕的事态。

就像那时候的自己一样。

"他为什么……特地跑到基地来藏那么重要的证据呢？"

"基地内的搜查权归特别搜查局所有，而不是辖区警署。这一点你应该也知道吧？

"而埋骨场里有足足四千架不再使用的军用机可以用来藏匿证据。他大概是认为那么精准地查到藏有证据的那一架的可能性极低。钱包、衣物可以烧掉，贵金属却无法这样处理。不经慎重准备就贸然变卖，很可能会露出马脚。就算埋到山里离藏尸处较远的地方，也难保不会有野生动物或者别的什么人再挖出来。放在手边又太过危险。我猜他是这么考虑的：还不如把证据藏到埋骨场，这个地方超出辖区警署管辖范围，可疑人员无法轻易进入，并且就在自己眼皮子底下，这样安全放心得多。

"当然，吉布森中士心里应该也清楚，在二十一点回到基地会让人感到异常。但想要尽快藏匿证据的心理占了上风。他本打算顺利藏好证据后就处理掉照片，静待此事的余波过去。不承想，他的笨拙行动以始料不及的形式半路夭折。"

被蝎子蜇了而一命呜呼。

这算是天谴吗？

"您是说，下官发现他的尸体……然后帮他完成了藏匿工作？为什么？假如……只是假如，吉布森中士的行动正如少校所推测的那样……那下官又何必协助这项自己根本没参与过的犯罪？因为他是下官的朋友？恕下官直言，正因为是朋友，才更要如实汇报，这才是对朋友最起码的……"

"不。你移动尸体一事已经得到证实。在丁字路口周边的一架飞机表面——准确地说是遮光布表面，检测到了你的指纹。无论是在完成包括深夜巡逻在内的常规军务时，还是在这次的非常事态之中，你都绝不可能触碰那架飞机。"

指纹——

他调查得这么详尽？老早就设好包围网了吗？

"经过移动后的尸体周围的飞机，机翼上面有擦拭的痕迹。把这想成是吉布森中士所为很不合理。要抹去脚印和指纹，肯定是在从机体上下来之后。但吉布森中士没能自己下来，而是摔到地上丧命的。如果擦拭的痕迹是他留下的，那就说明他明知是白费功夫，却还是在登上机体之前擦拭了机翼。这说不通。合理的解释只有一个：擦拭机翼的痕迹，是为了让人弄错发现尸体的现场而做的伪装。"

强烈的悔意向特里袭来，然而为时已晚。

"不过，在真正的死亡现场，没有发现吉布森中士带去的物品。是你拿走了吧？藏到靴子里了吗，还是不动声色地揣进迷彩服的兜里了？其中是不是包含相当昂贵的饰品？"

"真……真是意外！您是说下官做出了这等趁火打劫的事吗？！"特里绞尽脑汁思索，寻求着一线希望，"那……下官岂不是更没必要移动尸体了？您说下官是为了掩盖吉布森中士的罪行而搬运了尸体……但下官把证物拿走，不就已经达成了掩盖他罪行的目的——"

"尸体要怎么办？"

少校仅用一句话就粉碎了特里无谓的挣扎。

"他在不应该出现的时间段，死在了不应该出现的埋骨场之中。谁都能看出，这明显没法当成单纯的事故处理。即使揭下遮光布，把尸体藏到机体里面，也明摆着很快就会败露。

"所以你才会把尸体移动到那个地方——为了让他的死亡蒙上另一项犯罪的嫌疑。现在我来问问你吧：为什么选择那个地方作为搬运尸体的目的地？"

舌头颤抖着。特里竭尽全力，也只从喉咙里挤出一丝呻吟。

暴露了……一切都暴露了。

"按照巡逻路线，真正的死亡现场——丁字路口周边，位于发现尸体的现场前方。也就是说，你在巡逻路上又折返回来移动了尸体。为什么？只是要把尸体从原来的地方搬走的话，从丁字路口按巡逻路线继续前进，再找个地方卸下尸体更方便。宁可大费周章折返，也要把尸体放到那个地方——零件遭到倒卖的飞机旁边，是什么缘故？为什么你能选出那个地方？你想说这只是偶然吗？"

特里恐惧到了极点。

他顾不上考虑前因后果，满脑子只想着如何逃离眼前的威胁。

左手不听话地动起来，解开安全带。上半身的束缚解除了。他向副驾驶座上仍系着安全带的约翰伸出手臂，瞄准喉咙——

意识到自己做错了决定，是之后的事了。

右臂的动作停止了。

刹那间，约翰的左手已擒住特里的右手腕。

特里连惊愕的工夫都没有，右臂就被拽住。约翰在副驾驶座上扭过身体。特里的手臂和约翰的手臂交错。

下巴受到冲击。

眼前陷入黑暗之前的一瞬，少校那犹如捕获猎物的豹子一般却又流露着些许苦涩的双眼，烙印在特里的视网膜上。

※

确认特里·拉特利奇已失去意识后，约翰解开安全带，走下军用车。

他绕到驾驶座这边，把翻着白眼的特里的身体翻过来，从自己的军服兜里取出绳子，将中士的双手手腕反绑在身后，再给头部蒙上布袋，把双脚脚腕也捆住，最后扛起特里死人般瘫软的身体，扔到军用车后座上。

一连串动作结束后，约翰坐到驾驶座上，握住无线电对讲机的麦克风。

"这边是约翰·尼森,作战完毕。已制伏拉特利奇。"

"明白,这边立即前往将其带回,请在原地待命。"

约翰对扬声器传来的声音回答一句"明白",放下麦克风。他倚靠在驾驶座上,随时注意着后座的动静。

姑且告一段落了吗?

他不禁重重地发出一声叹息,说不清是感到安心还是疲惫。特里好死不死地做出袭击上级这种愚蠢举动,变相承认了罪行。但要解决的事务仍堆积如山。揭开倒卖军用机零件一事的全貌;搜寻马克·吉布森的罪证;更要着重调查的是,发生在MASRC内部的倒卖行为将第十二航空队的特里牵扯进来的理由……这是只会暴露空军污点的工作,不会带来丝毫成就感。

话虽如此,他也不能袖手旁观。

被军中的不义逼得自杀的奥利弗的境遇,一时间与特里的境遇重叠在一起。正因如此,对他来说,并不存在对围绕特里的种种丑恶事态放任不管这一选项。

得感谢玛利亚。她轻而易举就找出了解决此案的关键。约翰回想着她的话语。

喂,约翰,发现尸体的地方在路边深处,偏离巡逻路线好多呢。

那人是怎么发现的?我看到地图后吓了一跳,空军基地的占地面积也太大了!难道你们都是步行巡逻的?这不可能吧。应该是开着车或者别的什么交通工具巡逻吧?

换作我肯定会看漏的。那天夜里好像是新月,地上很昏暗吧……

太粗心大意了。除此之外没什么好说的。他和特别搜查局都只关注倒卖零件的丑闻，疏忽了对发现尸体前后状况的调查。

一旦锁定嫌疑人特里·拉特利奇，之后只需依次拼凑线索的碎片即可。推测出真正的死亡现场，重新调查马克·吉布森的交友关系，发现特里平日里巡逻时的敷衍，这些都并未花费太多时间。

他也很快发现，除了自己盯上的三个人以外，特里自己似乎也参与了倒卖活动。

特里为什么会参与倒卖？

为什么把尸体移动到零件遭到倒卖的飞机附近？

为什么要故意冒险把别人的注意力引向自己参与的不正当行为？

在方才的追问中没能得到明确的回答，但约翰感到自己能够理解。

是对一切都心生厌倦了吧。

对长年受吉尔·斯凯尔丁和彼得·奥格威胁，利用第十二航空队的职位之便走私，协助倒卖零件的自己心生厌倦。

对训练兵时代与自己一起辛苦训练，本来和自己怀有同样梦想的挚友沦为罪人并丧命这一事实心生厌倦。

对与自己进入部队前抱有的憧憬相去甚远的军队腐败内幕心生厌倦。

吉布森参与了某项犯罪，这一事实无法彻底掩盖。那干脆就让他来扮演揭露倒卖一事的角色好了。特里应该是这样想的吧。

约翰不知道这是不是事实：也许特里见吉布森不幸死去，心想天助我也，将挚友自身罪行的证据——凶器和饰品一类的东西——藏起来，转而将倒卖罪嫁祸给挚友，出卖安东尼·怀尔斯他们，自己则装傻到底，打算借此独自逃脱惩罚。

哪些事会公之于众，哪些事不会，要看今后的调查情况而定。水母船一案的真相至今没有公开，这么看来，根据高层的判断，这次案件或许也不会公之于众，甚至可能会被彻底压下去。

不，现在先不想这些了。

自己要做的，唯有遵从身为一名军人的骄傲行事。

脑海里忽然浮现两名警官的身影：红发警监玛利亚·索尔兹伯里与黑发刑警九条涟。

那两个人又是怀着怎样的心情，出于何种理由，选择了当警察这条路呢？

后视镜反射出车灯的光芒。特别搜查局的车辆正靠近这里。

5

"嗯，我们军方刚才也接到联络，发现T市郊外的山里埋着疑似马克·吉布森交往对象的女性的尸体。

"尸体没穿衣物，面部整体被打烂。是为了隐瞒身份吧。和尸体埋在一起的还有一块沾有血迹的石头。

"不，根据验尸结果，直接死因是遭人从背后刺杀。

"推测死亡时间是五天到十天前，涵盖吉布森的死亡日期。可以认定她是在吉布森死前不久遭其杀害的。

"据T警署表示，从吉布森居住的公寓屡屡传出疑似争吵的声音。调查房间的地板，发现有擦拭血迹的痕迹。

"是啊，这不是有预谋的犯罪。

"吉布森值完白班后，在公寓迎接交往对象。当时他们发生争执,吉布森冲动之下抄起手边的利器杀害了对方。

"不,不是菜刀。是求生刀。刀柄上有血液附着痕迹的军刀,跟几件饰品一起藏在特里·拉特利奇的公寓里。刀刃形状与尸体伤口吻合。

"吉布森好像爱好露营。想来他是一直把求生刀放在手边,日常加以保养。

"杀害交往对象后,吉布森把尸体运到山里,用附近的石头打烂尸体面部,将尸体埋了起来,随后为了藏匿证物返回基地——事情经过应该大致就是这样。

"死者身份还在核实,不过我从P警署的巴罗兹刑警那里得到情报,有与死者体形相似的女性目前下落不明。

"据说是从事蝎子生态研究的研究生。

"我倒觉得只是巧合。交往对象遇害后,怨念凭依在蝎子身上,使它蜇伤吉布森什么的,这也太天方夜谭了。就只当他是'遭到了天谴'吧。

"对倒卖一事的搜查也在继续。全部嫌疑人都已逮捕。会不会公开还不好说,但可以确定的是,军队会对他们处以革职处分。

"当然,我不会食言,虽然不知道能在多大程度上满足你们的期待——

"今天?!

"不,别强人所难了,索尔兹伯里警监。我这边也有日程安排的。你还是再多学习学习社会常识吧……"

红铅笔不会登场

每每回想高中时代，我的脑海里都会浮现出一位学弟的身影。

在世间恐怕屡见不鲜，于我而言却是彻彻底底的灾难的那起案件，与关于那个学弟的记忆紧紧纠缠在一起，绝无可能只将其中一方顺利地择出来。

因此，这个故事是决定性的悲惨结局降临我家的来龙去脉。

亦是值得爱的——现在我已弄不懂这样形容是否合适——学弟九条涟的定罪记录。

二十世纪七十年代初，计算器等电子器械开始慢慢普及，个人用的通信终端却依旧是白日幻梦。与远方的人交流，要么写信，要么用家家户户都有一台的老式电话。在这个时代，照片是用胶卷冲洗出来的，在屋里听音乐的方式只有听唱片或者收录机。

在这个时代，气囊式飞艇即将在大洋彼岸的大国呱呱坠地。

这个故事就发生在这样一个冬天。

1

"真过意不去呀。"

母亲转向身后,一脸歉意地开口。或许是转过上半身时重心移到了带伤的左脚,母亲眉间聚起深深的皱纹。"没事吧?"我慌忙从左边扶住母亲。

"不用客气。我家离这儿不是特别远。"

涟在背后回答,语气平静,并没有那种上赶着让人接受好意的咋呼劲。

他右肩挎着自己的包,双手分别拎着我的包和母亲的手提包。略长的黑发打理得整整齐齐,鼻梁上架着一副窄框眼镜。要是脱掉学生制服,穿上西服,自称年轻有为的律师怕是也能蒙混过关。让我有些不爽的是,明明是即将面临高考的我更年长,可他却散发着比我还要老成的气息。

不,与其说是"老成",不如称之为"豁达"。

也许十年后,乃至二十年后,涟身上仍会萦绕着这样的气息。这么想来,相比律师,感觉把他比作仙人更加合适。

我们正走在从医院回家的路上。

我陪左脚腕受伤的母亲来看病,结完账,正要跟母亲一起走出医院大门——

"河野学姐?"新闻社的学弟涟向我搭话。

在意想不到的地方遇见了意想不到的人。涟说他刚才去找住院的熟人打招呼了。不知是放心不下我和母亲,还是有什么别的企图,涟表示和我们顺路,提出要帮我们拿行李。

我们起初也推辞了一番,但拦不到出租车,便在医院前的车站跟他上了同一辆公交车,状况一点点演变成现在这样。

手表指针指向下午三点。空气冰冷，深灰色的云笼罩着天空。天气预报说午后会有降雪，看样子是准的。这片地区将迎来罕见的大雪。

从公交车站步行了十分钟，总算看到我家了。

我家还算大，四周围着高高的围墙，从外面连主屋的一层都看不见。这一带大多是平房，这么高的围墙矗立其间，简直不能更显眼。街坊四邻好像都带着些揶揄管我家叫"公馆"。只是内里更接近于没落贵族，不过我没有将家丑外扬的兴趣。

一行三人穿过大门。眼前是习以为常的、宽敞却寂寥的庭院。

据说以前这里有杜鹃花、绣球花等，群芳随季节的推移轮番盛放，如今却只有空花盆、花坛的痕迹，以及仅剩的一点草木还残存着些许往昔的风貌。刚入二月时节，在既无梅花亦无山茶花的庭院，根本不可能有幸得见花朵争妍斗艳的光景。

一座空洞的庭院，仅以一条石板路将大门与主屋相连。在主屋左侧的庭院一角，建有一栋仓库似的小屋。

那是一栋比围墙还要高的平房。从我所在的位置只能看见它东侧的白色墙壁和屋顶。墙壁上方的中央有一扇小窗，我在女性里算是个子比较高的，伸手勉强能够到它。小窗上装着铁格栅，看着像监狱一样。

听说已故的大伯儿时相当顽皮，经常因干坏事被关进那栋小屋里。可大伯也不是那么好对付的，没多久就学会了通过那扇窗户逃到外边。曾祖父大为光火，命人给窗户装上了铁格栅。

我插上大门的门闩，扶着母亲沿石板路走到主屋。

主屋是西式的二层建筑。据说从前是气派的木结构公馆，但早在曾祖父那一辈就烧毁了，只剩小屋，后来重建成现在的样子。这建筑倒也算得上有一段历史，可对我来说只是老旧而憋闷的家而已。

我开了锁，小声说着"我回来了"。刚一打开门，就像算准了时间似的，父亲从走廊转角处走了出来。

他的体形在成年男性里算是偏瘦小的。起满了球的毛衣外面披了件夹克衫，裤子上稍微沾了些污渍。掺杂着白发的头发乱糟糟的，下巴上留着邋遢的胡子，混浊的双眼下面横着两道阴影。

与世间常见的父亲形象大相径庭，并且散发着拒人于千里之外的气息。他就是这么个人。

"真够慢的。"

他语气阴沉，连一句"你回来啦"都没有。母亲的身体微微颤了一下。

"看病花了很长时间。"我替母亲回答，"拦不到出租车，只能从公交车站走回来……所以，不用说得这么过分吧。"

我忍不住语气有些凶。周六下午看病的人很多，我们这速度已经很快了，说什么"真够慢的"未免太不讲理。

父亲用鼻子呼了口气，将视线转向涟。

"啧，你谁啊？"

"我叫九条涟。"

面对父亲无礼的盘问，涟泰然自若，轻轻鞠躬致意。"我在社团活动上受了茉莉学姐许多关照。恕我冒昧，请问您是摄影师河野忠波瑠先生吗？"

父亲的表情有一丝动摇。

"是的……你是听我女儿说的吗？"

"我拜阅过您的《赤夜》。真是一部优秀的作品集，读者仿佛能切身体会到拍摄对象的痛楚。而且这部作品集做出的尝试是以往的作品中不曾有过的，这一点也令我非常感兴趣。"

这样的发言弄不好会让人觉得是肉麻的恭维，从涟的嘴里说出来，听上去却是言之有物的赞美，真是不可思议。

"有意思。"父亲的嘴角有了丝笑意，"难得来一趟，喝杯茶再走吧。由香莉，还愣着干吗，赶紧进屋。"

不等母亲回答，父亲就背过身去。"好。"母亲俯首答道。

我狠狠瞪着父亲离去的方向，表情大概很扭曲。硬是收起扭曲的表情，努力恢复成笑脸后，我扶母亲坐到玄关的台阶上。我家房子基本上是西式的，但在玄关处脱鞋再进屋这个做法则是沿袭了和式习俗。

"九条，你也进来吧。不用客气。"

沉默片刻后，涟说："那就恭敬不如从命了。"说着微微鞠了一躬。白色的颗粒轻轻飘落到他的肩膀上。

下雪了。

冰的结晶从天而降，一片接着一片，悄无声息地越落越多。

2

"实在对不起，结果像这样不请自来地叨扰了。"

"别在意……对了，九条，你是不是从一开始就算计好了才跟着我们的？为了见我爸。"

"我不否认我有'顺利的话说不定能见到'这种想法。"

这家伙还挺坦率。

这是在一层的客厅。透过蕾丝窗帘的缝隙能望见窗外，萧条的庭院渐渐覆盖上一层薄薄的雪。

提议"喝杯茶再走吧"的父亲此时却不在场，他好像回工作室了——用一层的一个房间改装的显影室。我不忍心让伤了脚的母亲沏茶，但母亲说着"没关系的"去厨房烧水，又往桌上摆了三个茶杯。

"不过，还真少见呢。"

母亲微笑起来。她许久不曾露出这样柔和的笑容了。"茉莉的朋友来家里，这还是头一回。九条同学，茉莉在学校里是什么样子？在社团活动上有没有给你添麻烦？"

"我可以说实话吗？"

"九条，你什么意思？"

母亲的笑容越发柔和。这时，客厅的门打开，父亲出现了。

"由香莉，拿茶来。"

他只丢下这一句，就又关上门。别说我了，连自己邀请到家里的涟都看也不看一眼。

和谐的气氛散去，取而代之的是尴尬的沉默。

"对不起。"我为父亲的无礼道歉。

涟摇摇头说："别在意。"他的声音跟往常一样平静，我听着很不好受。

"茉莉。"母亲开口了，"机会难得，让九条同学看看爸爸拍的照片怎么样？"

"妈妈？可是……"

"那个人说的'喝杯茶再走吧'，就是'一切请自便'的意思。我去准备他的茶就好。我的脚没事了……你们去吧。"

我的父亲河野忠波瑠——本名叫忠晴——是在好事者之中小有名气的摄影师。

小巷深处、夜晚冷清的公园、废墟大楼，等等，他净拍这种阴郁的照片。这些照片都散发着案发现场或犯罪现场般的可疑气息。

半年前出版的最新摄影集《赤夜》收录的绝大多数作品，则在这类风景中又添加了人物——仰望天空的女人、躺在满是尘土的地板上的少女等，氛围更加异样。

我和涟都是新闻社的成员。在新闻社制作报纸，照片、犯罪都是绕不开的事物。我是河野忠波瑠的女儿一事，在社团内是公开的秘密。

话虽如此，若论父亲的社会知名度，即便是恭维也谈不上多高。毕竟他的作品都是另类题材，受众有限，好像只有一部分爱好者会购买他的摄影集。说得恶毒一点，父亲在业界的定位就是作品只有少数狂热粉丝才会捧场的名不见经传的摄影师。

不知该说幸运还是不幸，新闻社里似乎也没有那么狂热的粉丝，因而没有人就父亲的事向我问东问西，这让我免去了许多麻烦。

——我本来是这么以为的。

没想到涟居然看过父亲的摄影集。

"我算不上狂热粉丝。这样说可能有些失礼，要不是认识河野学姐，我估计不会去看令尊的作品集。"

"是吗……也是啊。"

下午三点十分，听从母亲的提议，我和涟从正门走出主屋，去往庭院深处的小屋。

我们斜着穿过宽敞的庭院。其实从主屋西侧的后门出去更近，但我懒得把鞋从玄关拿过去了。

我也许失策了。

空中飘舞的雪花明显越来越密。冷空气从平底皮鞋的鞋底渗进来。我想着反正就几步路，就没拿玄关处的伞，谁知走到小屋门口时，头发和外套上都已积满了雪。

小屋是人字形屋顶，斜面是东西朝向的，屋檐四角比墙壁稍稍突出一些。我走到屋檐下，正骂骂咧咧地掸着身上的雪，只见涟指着小屋的门问道："学姐，这是什么？"

崭新的西式房门与和式小屋极不相称。门把手上方镶嵌着十几个按键与一个细长的液晶显示屏——准确地说是镶嵌着"安装了写有数字及'＋''－'等符号的按键与液晶显示屏的面板似的东西"。门上没有锁孔。

面板外盖着扁平的透明防雨盖，只有上部通过合页固定在门上。

"哦，你问这个？这是小屋的锁。"

"怎么看都觉得是往里面塞了个计算器。"

"是啊，这本来就是个计算器。"

这下这位学弟也无语了。我把他晾在一旁，掀起防雨盖，一下下按着按键："8900""＋""73"。我确认过液晶显示屏上显示出的数字和符号，最后按下"＝"键。马达发出轻微的运转声。待声音停下，我转动门把手推开门。

"欢迎来到家父的照片展览室，九条。"

我招呼涟进来，摸索着打开电灯开关，关上门。三秒后，又响起一阵马达运转声。

"是自动锁？"涟盯着门问道，语气里罕见地掺杂着好奇。

"这是我爸自制的。不过毕竟是外行，所以成品外观不太好看。"

在门内侧，与外面的计算器面板对应的位置上，用螺丝固定着一块比计算器面板大一圈的板子，板子上开了一个小孔，从中伸出两根电线。

其中一根电线用金属扣固定在门上，平行于地面，从小孔延伸至远离门把手的、有合页的那边门框，在门框跟前松松垂下。电线末端是个插头，插在门附近的插座上。

另一根电线从板子的小孔里往斜上方伸出，没入上方的金属合页里。

"原来如此。"涟喃喃道，"在外面的计算器上输入算式，使结果等于特定的数字，安装在门里面的马达就会运转起来，把锁舌收回去。合页开合会导致通电状态变化，由此可以判断出门的开关状态。门变成关闭状态后，经过一定时间，马达就会自动令锁舌弹出。"

"嗯，差不多就是这么回事。"

我不禁感到惊讶。我帮父亲干了好几天活儿才终于理解的原理，涟竟然一眼就看出来了。

顺便一提，我的生日是十月二十八日，"8973"这个密码是用"1028"的补数加上"1"得到的。从屋里出去时，则只需转动门把手即可带动锁舌收回，门就会打开。

"你刚才说这是令尊自制的对吧。忠波瑠先生为什么要亲手制作这样的装置呢？"

"简单来说，是出于实用和兴趣吧。"

以前是在老旧木门上安了把挂锁，但在半年前，情况有所变化。有小偷闯进了我家的地盘。幸好没遭受实际损失——本来也没有值得偷的贵重物品——但小屋的挂锁上有试图撬锁的痕迹。

"因为发生了这种事，所以为防盗而做了改装。"

密码一个月换一次。父亲是怎么更改设定的，我就不太清楚了。"至于为什么弄成这样的装置……哎，是父亲的兴趣。他向来喜欢摆弄精密仪器、电子器械这类机器。"

已故的祖母生前告诉我,父亲是因为对机器的兴趣日益高涨,玩起了照相机,才以此为契机成为摄影师的。

"先不闲聊了,我带你转一圈。不过这儿也没多大。"

小屋内部是地板面积二十五平方米左右的空间。

进门后左手边,即有铁格栅窗户的那边,陈列着两排高度达天花板的架子。这边是储物间。从老式照相机到打字机、留声机、计算器、收音机、录音机……架子上密密麻麻地摆放着一堆说不好是古董还是破烂儿的机器。

从小屋中央到右边则是展出父亲作品的展览室。

储物间和展览室之间以高高的屏风做隔断。比起乱七八糟的储物间,展览室的地板空荡荡的,更具开阔感。现在墙上、屏风上、画架上装点着十余张照片,以《赤夜》收录的照片为主。

父亲说,他想模拟在画廊展览时的情景,特别是想确认照片放大后的效果,于是把这里布置成了展览室。为了遮挡阳光,南边和西边的窗户用胶合板封上了。他似乎还计划将来把这里打造成真正的画廊,但能不能实现还不好说。

地板是用装饰混凝土浇筑的。以前土地直接露在外面,据说是父亲出生的时候装修的。从前用来惩罚大伯的小屋——原本是库房——如今也彻底变了样。

屋里没有空调。正值隆冬时节,屋里寒冷彻骨,待在这儿如同置身于冰箱之中。涟却丝毫没显出冷得难受的样子,逐一观看着父亲的照片和架子上的机器。

"我看得很开心。谢谢。"参观完一圈后,涟向我道谢。

"不觉得无聊吗?照片也净是作品集里就有的。"

"翻书跟近距离观看放大的照片可不一样。而且,"涟将视线移向储物间,"还看到了意料之外的收藏品。"

"咦,你关注的是那些?"

"我建议你今后也妥善保管它们。我算不上懂行,但觉得找对门路的话,这些东西没准能卖出高价。"

"能不能别说这么庸俗的话啊。"

从各种意义上来讲,这都是绝对不能让父亲听到的话。

我们只在小屋里待了不到二十分钟,就在这段时间里,风雪愈加猛烈。

走出门的瞬间,好几片冰冷的雪花接二连三地打在脸颊上。我们在来小屋的路上留下的脚印已开始为新雪所覆盖。望着这堪称骇人的景象,我不禁屏住呼吸。

"学姐,怎么了?"

"啊,抱歉。"我回过神来,回头看向涟,"雪下大了,咱们抄近道吧。"

我让到门右边,催促涟出来。确认门自动锁好后,我没有带涟原路返回正门,而是带他一起往后门的方向走去。这条道更近。

虽然只有几十步距离,但主屋边上没有能称为"屋檐下"的空间,我和涟都让风雪吹打得够呛。

"要是带上伞就好了……这真是我这辈子最大的失策。"

这话说得冒失,弄不好会让对方理解成"我想跟你共撑一把伞"。涟的回答更是无礼至极:"学姐这辈子最大的失策一共有多少次呢?"

我从后门走进屋,站在狭小的三合土地面上,掸掉头发和外套上的雪。涟也一样拍打全身掸着雪。我感到鞋里有股湿气。早知如此，应该穿长靴的。

把雪抖干净后，我俩迈上走廊。我从三合土地面上拾起自己和涟的鞋。

"稍等一下，我去把鞋放到玄关。"

"麻烦你了。"涟道了声谢。

我把学弟留在身后，沿着走廊前行。在尽头右转后继续向前，就到了一个 L 形拐角，在那里再转个弯，左边是父亲的工作室，右边是客厅和空房间。现在所有房门都关着。

我蹑手蹑脚地往前走，注意不发出脚步声。父亲工作时，走路动静太大会惹他不高兴，于是这样的走路方式就自然而然成了习惯。简直跟忍者似的，我忍不住自嘲。

在走廊上径直前进，尽头处左边是通往二层的楼梯。工作室那一侧的墙上安着一部电话机，右边是玄关。

我把自己和涟的鞋放到玄关的三合土地面上。面朝正门时玄关左手边的位置摆放着一个带推拉门的鞋柜，鞋柜上面放着一个应急用的手电筒。打开推拉门，里面有两双黑色长靴。

两双都是 M 号，款式相同，是年末促销时低价买到的。以前穿的长靴破了好多洞，下大雨时根本不顶用，我便下定决心买了新的。然而父亲常常外出摄影，不怎么着家，母亲主要在家里做家务，我对于穿尺码略大的土气长靴上学又有些犹豫。结果，这两双长靴买回来后就没怎么派上过用场，一直放在鞋柜里落灰。

看今天下雪的这个架势，可算轮到它们出场了。待会儿把它们拿出来吧。我关上鞋柜的门。

回后门那边的路上，我打开客厅的门，察看房间里的情形。

心脏怦怦直跳。母亲坐在椅子上，表情疲惫到了极点。她的左脸颊上有细长的红肿印迹，像用鞭子抽的一样。

"妈妈，你没事吧？"

"没事，只是脚有点疼……不用担心。"

母亲移开视线，声音颤抖地回答。她像是在强忍眼泪微笑着。

桌上摆着四个茶杯，其中三个是我们三人刚才喝茶时用的，另一个应该是给父亲准备的。父亲的茶杯是空的。母亲毛衣的胸口处湿了。浅绿色的液体在地板上洇开一片。

黏稠而阴暗的情绪从心底上涌……是父亲干的。

是觉得茶难喝而不高兴了吗？我按捺住汹涌的愤怒，拼命挤出温柔的声音说道："我来收拾就好，妈妈稍微歇会儿吧。"

"谢谢。"母亲细声说道。她看起来虚弱得不行。

我回到走廊，关上客厅的门。至少现在，我不想让涟看见母亲凄惨的样子。

三十分钟后，下午四点多。

在二层自己的房间，我在涟的监视之下，与参考书展开格斗。

将近十三平方米的房间，木地板。房间中央铺着碎花地毯，上面放着漆成白色的矮脚圆桌，西侧墙边是写字台和书架，东侧墙边是窗户和衣柜，南边的窗户拉着稍厚的白色窗帘，床上枕边放着小熊玩偶……虽然自己这么评价有点自恋，我感觉还算像是女孩子的房间。

要说唯一不够有格调的，就是摆在书架旁边的老土小型收录机。这是几个月前我过生日时，父亲心血来潮买来送我的，不过我对音乐没什么兴趣，有点苦恼该如何处理它。

我没带任何一个女性朋友进过这个房间，更别提男生了。平日里我一直在打扫收拾，也没放什么不方便让人看的东西——至少视野范围内没有，但一开始我还是难以遏制种种紧张情绪。

再看我现在所处的场景，毫无暧昧的气息，充斥着杀伐之气。

"河野学姐，你行不行啊？"

涟唏嘘地叹了口气。他坐在地毯上，在桌上摊开写着答题内容的笔记本，对着旁边的参考书用红铅笔批改着。几乎全是"×"号。

一向沉着冷静的涟也并非一年到头都摆着副扑克脸。现在他就毫不掩饰地露出瞠目结舌的表情。

"简直一塌糊涂。马上就要高考了，在这么关键的时期还是这种状态，不得不说，你前途堪忧啊。"

"要你多管闲事！我模拟考的成绩可不差。"

"是指除了古典文学以外的科目吗？"

这家伙真自大……不过，从向学弟请教不擅长的科目那一刻起，身为学姐的威严就已经荡然无存了。

我侧身坐在地毯上，伸手去拿桌上的茶杯，茶已变温了。我喝了差不多一半，把茶杯放回桌上，不动声色地凝视涟的侧脸。若用钟表的表盘来比喻，我和涟的位置关系正如三点整的分针和时针。

真是个不可思议的家伙，我又一次想道。

从客厅回到后门之后，我不想让涟看见母亲那副样子，无奈之下带他来到我的房间。那时他也是这样。

我吩咐他脱掉外衣，半强迫地让他坐到地毯上，叮嘱道："一步也不许动，敢碰衣柜和床的话我饶不了你，记住了吗？"然后回到一层替母亲收拾好客厅，脱掉外套撸起袖子着手准备茶水……足足十几分钟后，我用托盘端着两人份的茶和茶点回到房间时，涟看上去真的完全没站起来过，依然坐在与先前分毫不差的位置上，读着估计是从自己的包里拿出来的文库本小说。

到了高中生这个年纪，受邀到比自己大的女生房间里做客，按说即便对周围的一切充满好奇也属正常，可这位学弟从进入社团时起就有些异于常人。他一方面认真而正经，社团工作也都完成得很出色；另一方面，他面对学长学姐也会一脸淡定地说出尖酸刻薄的挖苦话，且就我所观察到的而言，他对恋爱这类事漠不关心。

把茶递给他之后也是，对于我辛苦泡好的茶，他毫不客气地评价道："喝着跟泡乏的茶似的。"我自己尝了一口，正如他所说，所以也没法还嘴。

因此，房间并没有笼罩在香艳的氛围里，不知不觉间，我的补习会揭开序幕。

老实说，涟的讲解简单易懂，作为高考对策很有帮助。可是我彻底失去了作为学姐的尊严，冬日的寒风在心里飕飕刮着。

"九条，新闻社现在是什么状况啊？"

去年秋天从社团引退之后，我也去活动室露过几次面，但等到过完年，由于高考临近，就没再去过。如果不是母亲受伤，或许我不会再跟这个能干又狂妄的学弟碰面。

"不用担心，远上把社团运营得很好。'传达应传达的事实；明确事实、基于事实的推论与没有根据的臆测的区别；绝不撰写没有根据的臆测与虚假的信息'……学姐的教导我们也都在好好遵守。"

"你不想当社长吗？有几个高三学生挺看好你呢。"

这话不假。其实我也是其中之一。姑且不论性格，涟的业务能力在社员之中出类拔萃。然而他只是苦笑着说："我更适合做辅助性的工作。"

我和涟就这样共度了一小段时间。

日后回想起来,那是我在这个家度过的最后的平稳时光。

钟表指针指向下午五点的时候,门铃声打破了平静。

"哎呀,小茉莉?姑母来串门啦,能给我开下门吗?我哥在吗?"

从内线电话传出夏乃姑母那招人厌的声音。

3

"那个……你今天来是有什么事?"

母亲有气无力地问道。脸颊上的红肿印迹没那么显眼了,但仍隐约可见。夏乃姑母站在玄关的三合土地面上,"哎呀"一声,眯起眼角下垂的眼睛,涂着浓浓口红的嘴唇泛起笑意。

"还问我有什么事,是我哥叫我过来的呀。"

她从手提包里拿出一个信封。信封上写着姑父、姑母的姓名和住址,是父亲的笔迹。我对这个信封有印象。大约一个星期前,我按父亲的盼咐把它投进了邮筒。"嫂子,你该不会什么都没听说吧?我哥在吗?"

慢悠悠的高昂语调明显带着揶揄。夏乃姑母个子不是很高,可现在这个场景给人的印象,不如说反倒是站在玄关台阶上的母亲正被俯视着。

"我老公他……那个……因为工作……"母亲低着头嗫嚅。两人的着装也有差距。虽说洒了茶的毛衣已经换下来,但母亲身上的衣服明显很旧了,颜色也很素。而夏乃姑母则穿着华丽的红色系外套,里面的上衣和裙子从外套间隙露出一点,能看出是用姑母的表情也微妙地有些僵硬。

"当然，姑父、姑母也住一晚吧……妈妈，可以吧？"

短暂的沉默过后，洋三姑父盯着涟上下打量，咕哝道："嗯……我倒是不介意。"

他又问夏乃姑母："夏乃，你呢？"

"这个嘛……天气这么糟糕，因为我们而把小茉莉的可爱学弟赶走，让人有点不忍心呢。"

"可爱学弟"这个措辞显然充满恶意。

"既然茉莉这么说，那就这么办吧。"母亲小声说道。

"那我就却之不恭了。"涟对我们微微欠身致意。

母亲在厨房准备晚饭时，姑父、姑母一副王室成员的做派坐在客厅的椅子上。

我几次三番跟母亲说"我来吧"，母亲每次都摇摇头说："不用，你坐那儿等着就行。"

她仿佛是想要通过埋头做饭来忘记精神上的疲劳。"你不太擅长做饭吧。要是做出来的饭菜不合你姑母他们的口味……"母亲这句话令我哑口无言。刚才是不是应该把姑母他们打发回去才对？我心底涌起强烈的罪恶感。

"嫂子，你左脚怎么了？"

夏乃姑母问道，似乎是注意到母亲走路时拖着左脚。母亲的身体一瞬间僵住了。

"我在楼梯上摔倒了。"

"哎呀，是吗？可得小心点啊。"

那口吻像是在招呼用人似的。我握紧放在桌子下的双手。

屋外暮色四合。透过窗帘缝隙能望见窗外的景象。房屋四周的围墙外面，大门前的那条路上亮起路灯，将光芒洒向空洞的庭院。大雪纷飞，一点要停的迹象也没有。我和涟的脚印已经彻底被盖住，消失在雪地中。

"那个，你是叫九条对吧。"洋三姑父向坐在我旁边的涟套话，声音里半是无聊的好奇心，半是对外人在场的焦躁，"在这种天气里过来，路上很辛苦吧。你今天过来是有什么事呀？"

"有件社团活动的事想尽快向河野学姐确认。"涟镇定自若地回答，"电话里说不清楚，虽然自知冒昧还是直接登门拜访了。倒也算不上答谢，说完事后，我辅导了一下学姐的学业。"

比起辅导，更近似于魔鬼训练。不过我没插嘴。

"社团活动的事？"

"虽然只是校内报，但对新闻报道来说，时效就是生命。"说完，涟像是忽然想起了什么，转头朝向我，"对了，我还没跟家里联系。学姐，电话能借我用一下吗？"

我读懂了学弟视线里的无声指示。"好的。顺便带你看一下客房。"我从椅子上站起身，向姑父、姑母点头致意后，带着涟走出客厅。

"学姐，我只向你确认一点。"

在楼梯下打完电话，上到二层后，涟向我抛出问题。他的声音很小，却有着绝不容许对方岔开话题的气势。

"提议让我在这里住一晚，是因为他们来了吗？"

我垂下眼帘，用蚊子般细小的声音答道："没错……"

一直到曾祖父那一代为止，河野家都还算是富裕的家族，经营着纤维产业。

但战争与时代变迁给曾经荣极一时的家族带来了巨大的打

击。据说祖父五十多岁时已沦落至零零碎碎变卖家业的地步，如同章鱼吃自己的脚充饥一般，挥霍着过去的家产苟活。这位祖父在迎来自己六十大寿之前便与世长辞。

剩下的族人里，没有一个人的才智足以令家族重现昔日荣华。

特别是父亲，喜欢摆弄机器，是个为兴趣而生的人。他无心就业，重蹈祖父的覆辙，挥霍家产坐吃山空。

夏乃姑母对这个家族心灰意冷，和恋人佐古田洋三结婚后离开了河野家。这是大约二十年前的事。

没过多久，父亲也结婚了，并走上摄影师的道路，但收入远不够阻止家道中落。母亲是那种"男主外女主内"的观念根深蒂固的人，主动去外面工作这种事她好像想都没想过。

我勉强得以上高中，可毕业后就没法指望家里在经济方面补贴我了。高考失败的话——就算考试通过，如果得不到奖学金的话——我就只能去找工作了。

"也就是说，"似乎是摸清楚了大致情况，涟中途打断我的解释，"佐古田夫妇在向学姐一家提供经济支援，对吧。"

我点点头。是母亲告诉我这件事的。我没能问出具体的金额，但能想象到恐怕是个相当庞大的数字。母亲泫然欲泣地说着"对不起"的样子十分凄惨。

与跟不上时代步伐而衰落的河野家相反，洋三姑父是站在时代风口上发了大财的人。也有传言说他用过许多见不得人的手段，但总之，和我的父母不同，他具备商业头脑，这一点毫无疑问。而从另一个角度来讲，也许看透这一点与他结婚的夏乃姑母才是最聪明的人。

现在的河野家，没有佐古田家的经济支援就无法维持生计。

可是……对洋三姑父来说，我们一家只不过是外人。尤其是父亲，估计在洋三姑父眼里就是个忘恩负义之人，玩物丧志，把来之不易的援助金挥霍一空。

比如今天，即使他们告知我们要停止支援，抑或以借据为武器，要求我们全额返还至今为止的援助金。

无论他们在这个家里做出怎样的举动——我们都无权拒绝。我们能做的，顶多也就是抱住他们的大腿，求他们大发慈悲罢了。

按常理来讲，再怎么说他们也是在向我们提供经济支援，我们应该心怀感激才对。可是夏乃姑母动不动就欺侮母亲，这么多年来我一直看在眼里，所以对姑父、姑母怎么都尊敬不起来。

姑父、姑母来我家的时候，父亲要么窝在工作室或者小屋里，要么躲到外边。现在当然也是一样，完全不见他的踪影。

"我明白了。你是要我牵制佐古田夫妇，防止他们做出太过火的事。"

"对不起。明知你没有义务帮我……"

把学弟卷进来让我很过意不去，不过有涟这个外人在，想必姑父、姑母也不敢轻举妄动。他们一年里会来我家一两次，半年前也来过。如果在比较晚的时间来，一般会在这儿住一宿。他们是把我家当成了出远门时可以心安理得入住的免费旅馆吗？

"前任部长的命令自然不能拒绝。"涟面不改色地答道，丝毫没显出嫌麻烦的样子，"总之，我弄清楚现在的状况了……冒昧打听你家里的私事真是非常抱歉。"

"没关系的。你就住在……那边那个房间，可以吧？"我指着二层的一个空房间，即北侧离楼梯最近的那间说道，"你先回去吧。行李我去拿就好，顺便给你准备室内便服。"

"谢谢。"涟欠了欠身,走下楼梯。响起打开客厅门的声音,随后是简短的对话声。应该是涟和夏乃姑母在说话吧。

钟表指针走过了下午五点半。我把涟的包从自己的房间拿到客房,整理好床铺,从其他房间找来涟穿着应该合身的室内便服。就这样像用人一样在二层跑来跑去时,突然,楼下传来短促的尖叫。

我慌忙回到一层,打开客厅的门。母亲面色苍白地盯着客厅一角。

在母亲视线的尽头,洋三姑父正反复挥动着高尔夫球杆,动作极其粗野,搞不好会打到天花板的电灯。

夏乃姑母隔着桌子坐在涟对面,若无其事地啜着茶。答应负责牵制的涟没有要行动的意思。我强忍住身体的颤抖,转向洋三姑父。

"姑父,你这是在做什么?"

"这还用问?就如你所见。"回答我的质问的是夏乃姑母,"我老公最近没空去高尔夫球场,除了这种时候,很难有练习的机会。"

"那也不能——"

"别露出那么可怕的表情嘛,小茉莉。毕竟这里也是我的家啊,稍微用用也没关系吧?不一直都是这么过来的嘛。"

夏乃姑母脸上竟然还浮现出笑容。我正感到怒气上涌时,涟冷不丁地开口了。

"这球杆真不错,不过看上去有些年头了。这是哪位的东西呢?"

他的声音平稳得有些不合时宜。

"呃……嗯,"洋三姑父气势大减,停止了挥杆,"记得好像是我岳父的。"

"啊……对，是这样。我是不是也用过几次来着……分遗产时分到了它，但舍不得带到老公家，就留在这个家里了。"

此刻握在洋三姑父手中的那令人生厌的高尔夫球杆，平时就收在卫生间旁边的储藏室里，我也看见过不知多少次。

夏乃姑母嘴上说"舍不得带到老公家"，实际上只是这根陈旧的高尔夫球杆不合喜好吧。父亲和母亲对高尔夫球都没兴趣，我说实话也很想把它卖了，但它名义上是夏乃姑母的财产，洋三姑父以前来访时也曾口称练习像刚才那样挥杆，所以也没法把它收到小屋里，就一直这么放在主屋的储藏室。

"这样啊。"涟一副饶有兴味的神情，点了点头，"两位都很喜欢高尔夫球呢。恕我冒昧，莫非两位相识的契机也是……"

"差不多吧。"洋三姑父不好意思地挠着脸颊，"你也对高尔夫球有兴趣吗？不嫌弃的话，我可以教你入门。"

"实在抱歉，我不擅长需要使用道具的运动。不说这些了，难得有缘相见，晚饭准备好之前，可以给我详细讲讲两位的故事吗？"

母亲如释重负，拖着一只脚回到厨房。我赶紧跟了过去。回头一看，洋三姑父一脸不情愿地拿着高尔夫球杆，正要出客厅。

涟在跟夏乃姑母谈话。

这位学弟之所以没有立即阻止洋三姑父的行为，似乎是为了等待能够最稳妥有效地平息场面的时机。他故意等我过来，在火药味渐趋浓烈时再迎头浇一盆冷水……真是令人生气的做法。

晚饭差不多准备好了，父亲却依旧没有出现在客厅。

此时是晚上六点二十分。虽然比平时的晚饭时间稍微早一些，但必须去叫他一声了。

"我去叫爸爸过来。"

我从母亲手里接过盛着玉米汤碗碟的托盘放到桌上，向姑父、姑母欠身致意，然后小声招呼涟："九条。"

"知道了，我来吧。"

涟站起身，开始把托盘上的五个碗碟一一摆放到桌上。"谢谢。"我道了声谢，出了客厅。右侧斜前方有一扇门，那里面是父亲的工作室。进门是前室，里面的屋子是显影室。

我敲敲门，走进前室。灯关着。为保险起见，我打开电灯开关。暗绿色的灯光亮起，屋里一个人也没有。我把显影室的灯也打开，同样的暗绿色灯光洒满室内，不见父亲的人影，唯有药水的气味弥漫。

我走出工作室，上到二层。

二层的布局很简单：走廊是东西方向，房间排列在南北两侧。走廊最东边与楼梯相连，西边尽头是墙，墙上有窗户。平时在用的只有南侧的三个房间——父母的卧室、我的房间和父亲的书房。其他的都是空房间，名义上是客房。卫生间和盥洗室在尽西边的北侧。（见图二）

父亲的书房在卫生间对面，位于西南角。这个房间采光很好，父亲便把它用作书房，有时会在这里细细品味冲洗出来的照片的妙处与不足。

我走在走廊上，耳畔回荡着自己的脚步声。我在书房门前停住。门把手下面有个锁孔。书房平时都上着锁，只有父亲有钥匙。

聚精会神工作时，抑或心烦意乱闭门不出时，父亲极度厌恶别人打扰。有人叫门的话，他不是怒吼"吵死了，待会儿再说"，

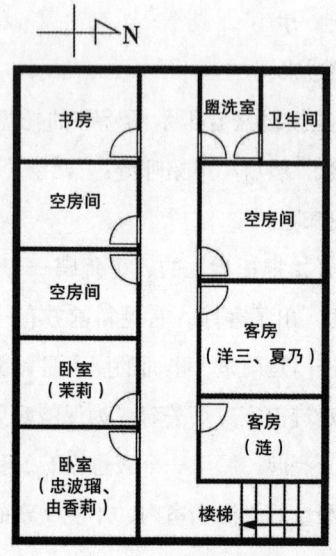

图二 二层示意图

就是直接无视。我屏住呼吸,重重地敲了敲门。回应我的是一片冰冷的沉寂。我轻轻转动门把手。门打不开。

一股徒劳感席卷而来……我这是在干什么啊。

只不过是一场闹剧。我没能见到父亲,默默从书房前走开。

结果就只有我、母亲、涟还有姑父、姑母五个人一起开始吃晚饭。时间将近晚上六点半。

我为没能把父亲带下来而赔不是。夏乃姑母只是有点错愕地回了句:"也没办法,我哥从以前就是如此,一埋头做起什么就什么都顾不上了。"倒是没有表现出不悦。

晚饭就这么波澜不惊地——至少表面上是如此——过去了。

夏乃姑母时不时对母亲说些伤人的话,但不知是不是涟在晚饭前的牵制起了作用,她话里的刺比平时要少。

涟机敏地和洋三姑父、夏乃姑母交流着。我悄悄观察母亲的状态,时不时在他们谈话的间隙插两句嘴。母亲没有被牵着走,几乎不吭声,听到夏乃姑母对自己口吐恶毒之言,便忍着痛苦强颜欢笑。

吃完饭,餐桌也收拾干净后,母亲告诉大家:"浴缸准备好了。"这时是晚上八点半。

"是吗?那我这就去泡个澡吧。"夏乃姑母从椅子上站起身,高调地向洋三姑父投去妩媚的视线,"老公你也一起。来,走吧?"

她不紧不慢的说话声透着股媚劲。洋三姑父犹豫了一瞬,像是为了保持威严似的清清嗓子,也站起身道:"嗯,一起去泡吧。"

"小茉莉,有室内便服吗?"

"啊,有的……就在你们每次住的那间屋子里。"

姑父、姑母住的客房位于二层北侧,在分给涟的房间隔壁。两个房间都已经整理好了。

说起来,他俩几乎从没在我们面前这么露骨地表现出夫妇恩爱的一面。是在排挤涟这个碍事的外人吗?然而涟面不改色,点头致意道:"两位先请吧。"夏乃姑母脸颊抽搐了一下,随即恢复妖艳的笑容道:"那我们就不客气了。"她牵着洋三姑父的手走出客厅。

"对不起,九条……那个……"

"没关系的,我可没有当电灯泡的嗜好。"

这个学弟果然有点异于常人。

姑父、姑母泡完澡出来,是在整整一个小时后,晚上九点半上好的面料制成的新品。

"哎，夏乃，别太让人家为难。"

夏乃姑母旁边是同样衣着整洁的微胖中年男人，洋三姑父。"舅兄也很忙吧。不过能不能先让我们进屋？"

洋三姑父的粗嗓音让母亲身子颤了颤。"好……好的。"

姑父、姑母迈到走廊上。我也脱掉刚才出去开门时穿的平底皮鞋。长靴还放在鞋柜里。对于让姑母他们看到自己穿着土气长靴的模样，我有种强烈的抗拒感。"小茉莉更有大人样了呢。"夏乃姑母的奉承里有弦外之音。我忍住厌恶，皮笑肉不笑地说："不不，姑母过誉了。"

"对了，还有别人来做客吗？好像有双没见过的鞋。"

心脏跳得厉害……涟的鞋一直放在外面没收。我犹豫着不知怎么回答。

"我来这家叨扰了。"

涟恰巧在这时从楼梯上走下来。他面向姑父、姑母，以自然的态度微微鞠躬致意。"我叫九条涟，在社团活动上受过茉莉学姐许多关照。请问两位是学姐的亲戚吗？"

"呃……是的。"夏乃姑母似乎有些措手不及，瞥了我一眼，"我是佐古田夏乃，这孩子的姑母。今天登门拜访，是因为我哥有些事叫我们过来。"她的语气带着几分狠厉。

"这样啊。"涟从容不迫地答道，"在有家族集会的时候不请自来，实在有失礼数……河野学姐，我就先失陪了。"

"等等，九条。"我叫住学弟，"外面下着大雪呢。天都黑了，而且公交车和电车的行车时间肯定也乱了……难得来一趟，今天就在这儿住一晚吧。"

事后回想，这是相当大胆的发言。涟微微睁大双眼。姑父、的时候。

在客厅里听不到浴室那边的动静，无从得知他们在浴室里都做了什么。但看到夏乃姑母就寝前打招呼说"我们先失陪了"时迷离的表情，以及洋三姑父潮红的脸颊，即使不特意往那个方向想，也还是会禁不住想象他们不单单是泡了很久的澡，还做了些别的什么。

"九条，那个……可以让我先去泡澡吗？"

姑父、姑母的脚步声远去后，我问涟。浴室里有可能刚刚发生过那种行为，实在不好直接让客人过去。也许是猜到了我的心思，涟点点头说："知道了，你先去吧。"

我去二层拿了换洗衣服，又回到一层来到浴室……看来夏乃姑母还是明事理的，目光所及之处并没有那种行为的痕迹。

三十分钟后，我泡完澡，回到客厅。

"抱歉，让你等了这么久。"

"没事。"涟摇头道。他好像一直陪在母亲旁边。

"妈妈要泡澡吗？"

"嗯……今天就先算了吧。"

母亲看向缠着绷带的脚腕。她的回答渗着痛楚，又好似有些恍惚。

她本来必须要静养才行的，今晚却准备了量比平时还多几倍的饭菜。我就算下厨，估计也如母亲所说，做不出什么像样的菜肴。可即便如此，也应该想方设法阻止母亲，替她准备晚饭的。巨大的悔恨向我袭来，奈何为时已晚。

父亲的那份饭菜放在厨房桌上。就像夏乃姑母提到的那样，父亲一旦聚精会神地工作起来，再怎么叫他，他也不会过来吃饭。我和母亲睡下后，半夜三更他才吃起饭来，也是常有的事。

涟点头致意后离开客厅。他的脚步声向着浴室的方向远去,逐渐消失。正巧这时,夏乃姑母过来了。

"哎呀,小茉莉,已经泡完澡啦?"

"嗯……姑母有什么事吗?"

"有点口渴。"

她说着走进厨房,拿了葡萄酒和玻璃酒杯出来。是父亲平时喝的酒。"嫂子,有下酒菜吗?"

我压下涌起的怒火,替母亲回答:"家里囤了些干货。"说完便到厨房去取。

她原本是打算趁我不在欺负母亲吗?我就这么错过了让母亲躲到二层的时机,只好留在客厅守着母亲。

不知该不该说幸运,三十分钟后,从浴室的方向传来涟往客厅这边走的脚步声。

"回来啦,小涟?等你半天了。"

听到夏乃姑母这令人作呕的寒暄,涟面不改色地应了句"是吗,那真是不好意思"敷衍过去。

"对了,洋三先生呢?"

"他在房间里休息呢。可能是累了吧?"

她用娇媚的声音说出引人遐想的话。见涟依旧神色自如,夏乃姑母脸颊微微抽搐了一下。

我去关上了浴缸加热器,又关掉燃气开关。其后,洋三姑父缺席的小型宴会仍持续了一段时间,不过只有夏乃姑母一个人在喝酒。

又过了三十分钟,客厅的灯才熄灭。此时是晚上十一点左右。

拜托涟搭了把手,总算把母亲送到了二层的卧室。我回到自己的房间，钻进被窝，却久久无法入睡。

涟现在留宿在这个家里，对姑父、姑母不能怠慢；还有……我精神紧绷，放松不下来，没有一丝睡意。

涟和母亲应该都已睡下。夏乃姑母对我家熟门熟路，早就回到了客房。

姑父、姑母的声音又在耳畔响起。我打过招呼准备去睡觉，在回到自己的房间之前，听到客厅里传来这样的对话：

——那个浑蛋，是要愚弄人到什么地步……赶紧把那个……

——不能着急。现在还……

"下面为您播送天气预报。某某地区以山区为中心，降雪仍将持续……"

从收录机传出地方气象台播音员的声音。

睡不着的时候就打开收录机随便选个频道，把音量调小，当作背景音来听，这是我最近养成的习惯。

比起用磁带播放古典音乐，用收录机听夹带杂音的说话声更容易犯困。对于这个发现，我自己也很意外。就这么开着收录机睡着，第二天起床时电池已经没电了，这样的事我也经历过不止一次。

然而今晚例外。"……现在，某某市全市……"收录机的声音听起来无比刺耳。

我把窗帘拉开一点，窗外的世界笼罩在一片黑暗之中。路灯的光芒也已不见，只有收录机的电源灯将擦着窗户落下的无数雪花映得微微泛红。庭院彻底隐没在暗夜里。

万籁俱寂。房门锁着，但涟现在就住在客房里，这是无可动摇的事实。脑海里接连不断地掠过各种多余的想象，我越来越清醒。

叫人怎么办才好啊，真是的。

结果，直到夜里一点多雪停，我就这么躺在床上注视着黑暗。

4

"学姐，河野学姐——"

听见了敲门声。

我像从泥沼底挣扎着爬出来一样，从床上坐起身。

似乎在不知不觉间睡着了……好冷。窗外没那么黑了，但还远远称不上晴朗的冬日。厚厚的云朵依然遮蔽着天空。

我揉揉眼睛，看了看表。五点五十分……比平时的起床时间早很多。

"河野学姐，醒了吗？"

伴随着熟悉而充满紧迫感的声音，敲门声再度响起。"——九条？"我慌忙应声，从衣柜里拿出外衣穿上，开锁后打开门。下一秒，昏暗的走廊上亮起灯光。糟糕，刚睡醒还没来得及打理的脸让他看到了——不合时宜的念头在心中一闪而过。

涟在室内便服外面披了件外套。

"出什么事了，这么早过来找我？"

学弟没有回答我的问题，表情僵硬地说："之后再解释。"

我来到房间外面。涟身后站着母亲，还有洋三姑父和夏乃姑母。大家都在室内便服外面随便披了件外衣，脸上是同样的仓皇与紧张交织的表情。"总算来了啊。"洋三姑父咕哝道。

"九条，到底怎——"

我把后半句追问的话咽了回去。

不见父亲的人影。

我和母亲，洋三姑父和夏乃姑母，还有涟——在场的就是这些人了。

楼梯口边上放着的手电筒映入眼帘。是之前放在鞋柜上面的那个。那是——

涟的话打断了我的胡思乱想。

"大家都跟我来。到地方后我再为大家详细解释。"

涟带我们来到一层的后门。

五个人挤在狭窄的走廊上，多少觉得有点憋闷。"怎么回事，来这种地方干什——"我又一次问到一半便停住。

后门的三合土地面上倒着一双长靴。

是放在玄关鞋柜里的两双长靴中的一双。似乎是有人匆匆忙忙地把它们脱下来扔在了这里，两只靴子没有整齐地码放在一起，而是凌乱地横着倒在地上。

涟小心翼翼地跨过长靴，开锁后打开后门。

刺骨的冷空气涌了进来。门外的景象跳进眼帘。

雪地上有脚印。

一共有三串脚印：两串"去"的和一串"回"的。天还没完全亮，不过勉强能看清每串脚印的方向。

两串去的脚印略有重合，回的脚印则跟另两串脚印有一点距离。脚印的深浅都差不多，大约到脚踝。

从我这个位置看不见每串脚印的另一端，但能看出大致的方向……脚印是向着父亲用作展览室的小屋那边去的。

涟简要说明了情况。他很早就醒了，洗漱完无意间望向西侧窗外，看见了雪地上的这几串脚印。

"这又怎么了？"

洋三姑父的声音微微透着紧张。

"脚印本身乍看没什么异常，形状看上去也跟刚才三合土地面上那双长靴的鞋底一样。但是，这几串脚印意味着什么，各位应该也察觉到了吧？"

我感到后脖颈发凉。

是数量。

无论是谁，出于什么目的，跟谁一起出去了几次，只是从后门出去再回来的话，去和回的脚印串数应该是一样的。

可实际上，回的脚印少了一串。

这就说明有人从后门那边去了小屋，没再回来。

母亲面色苍白。"是……我哥？"夏乃姑母也声音嘶哑。

"恐怕是的。"涟答道，"如果忠波瑠先生只是去看看小屋的情况，这会儿也该回来取暖了。"

小屋没有空调，屋里几乎跟外边一样冷。

雪地上除了一串去的脚印以外，剩下的两串脚印正好是一去一回。三合土地面上倒着长靴。主屋里不见父亲的人影。

这意味着父亲和另一个人一起去了小屋，只有父亲没回来。

"各位之中有谁昨晚去过小屋？"涟问。

谁也没有举手。

涟望向天空。白色的结晶翩然飘落。又下起雪了。

后来回想，涟此时大概已经想象到了最糟糕的事态。他的表情阴郁起来。

"有点难办啊。雪会把脚印盖住的……学姐,你有相机吗?得赶紧拍照记录一下。"

突然听他这么问,我大脑一片空白,张口结舌。

相机……对了,父亲是摄影师。工作用具家里要多少有多少。我正要往前室去,想到什么,又停下脚步。

父亲把工作用具保管在带锁的柜子里。是铁柜,没法砸开。只有父亲有钥匙。

我把这件事告诉涟。涟遗憾地皱起眉。

"那就没办法了。我们从正门那边绕过去吧。"

在摄影师的家里居然连一张照片都拍不了——向来嘴毒的涟此刻也没有说出这样的挖苦话。而我们也已没有余力去质疑凭什么由年纪最小的涟来指挥。

打开正门一看,庭院已化作一片雪原,一个脚印也没有。(见图三)

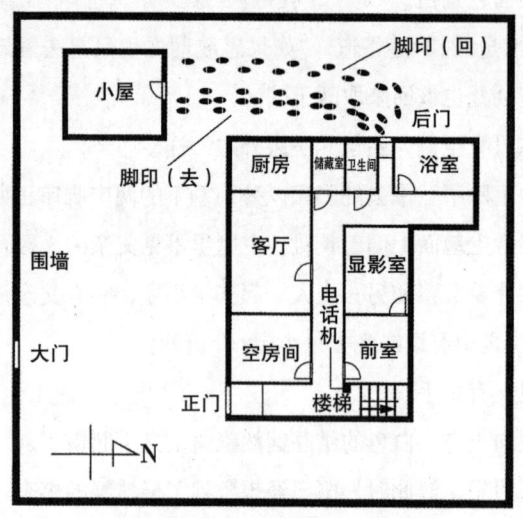

图三 现场示意图(房屋用地整体)

鞋柜空空如也。那两双长靴中的另一双不见了。

把母亲留在玄关，我、涟、洋三姑父和夏乃姑母穿上各自的鞋，踏进雪地。已经顾不上冷了。

我们穿过一片白茫茫的庭院，往小屋那边走。或许是昨夜风太大，连屋檐下面都沾着雪。

我环顾四周。除了刚才那三串脚印，庭院里、围墙上、主屋和小屋周围以及屋顶的雪上面都没有脚印，也不见其他凌乱的痕迹。

一行人来到小屋门前。脚印还没有被雪盖住，我们得以确认其形状。三串脚印的形状都跟三合土地面上倒着的那双长靴的鞋底一样。去的两串脚印中靠西侧的那串，左脚脚后跟略微踩上了靠东侧那串脚印的右脚前方，呈脚后跟左侧与脚尖右侧重合的状态。

"各位，注意不要踩到脚印……学姐，请把门打开。"

我颤抖着点点头，小心翼翼地避开脚印，走到门近旁，用戴着毛线手套的手在计算器上输入密码算式，按下"＝"键。

什么反应都没有。

——咦？

我又输入了一遍答案是"8973"的算式，再次按下"＝"键。门还是没有发出任何声音。我转动门把手，门打不开。

密码变了？！

"你磨蹭什么呢？随便输个'1111'试试。"

我正不知所措，洋三姑父在背后焦躁地喊道。这也太不靠谱了……话到嘴边又咽了回去，我破罐破摔地依次按下"1111""＋""0"，然后按下"＝"键。

马达发出运转声。

骗人的吧——

我愕然愣在原地。涟从我旁边伸过胳膊,推开门。

父亲倒在地上。

就在进门后右手边的展览室那空旷的地板上。

我的父亲河野忠波瑠就这样在无数张照片的俯视之下,仰面倒在地上。(见图四)

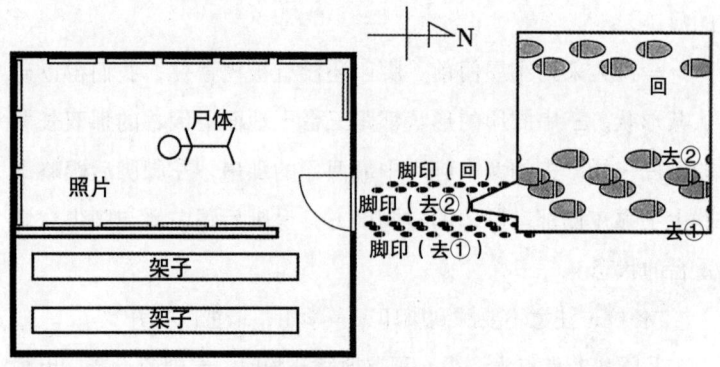

图四 现场示意图(小屋)

夹克衫里面是起满了球的毛衣,和昨天一样的装束。脚上穿着黑色长靴,跟后门的三合土地面上倒着的那双是同样的款式。

皮肤苍白,眼睛失去神采——父亲已经死透了。

※

以下事实全都是后来才知道的。

警方调查过后,断定父亲死于他杀。

死因是后脑受到打击。几乎是当场死亡,没有检测到外出血。

尸检得出的推测死亡时间是发现尸体的至少五个小时之前,

即夜里一点以前。由于小屋里温度极低等因素的影响,推测不出准确的时间。

放在厨房里的父亲的那份饭菜没人动过,解剖结果也显示父亲的胃是空的。

父亲在生命的最后时刻带在身上的,是包括书房钥匙在内的钥匙串和手帕。这两样东西都在他的裤兜里。

小屋的门没有之后动过手脚的痕迹,小屋东侧的窗户也从里面扣着月牙锁。

正如涟所担忧的,现场留有的三串脚印被雪盖住了,没能做详细的鉴定。刚发现尸体,雪就下大了,并且因积雪阻碍,警察赶到得晚了些。

凶器是高尔夫球杆。

详细检查父亲后脑勺的打击伤后,发现与收在储藏室的其中一根高尔夫球杆的杆头形状一致。

是案发前一天,洋三姑父在客厅里挥舞的一号木杆。

5

"梳理一下现在的情况吧。"

清晨六点十分,回到客厅后,涟开门见山地宣布。

屋里弥漫着沉重的气氛。夏乃姑母和洋三姑父表情阴郁。母亲像丢了魂似的,神情恍惚地瘫坐在椅子上。

我此刻又是什么表情呢?

眼里含着的是悲伤、愤怒,还是……虚无?

已经报过警了，但是受大雪影响，估计警察要晚些才能赶到。父亲的尸体还保持着发现时的状态放置在小屋，这是出于涟的判断，他认为在警察赶到之前不应乱动尸体。

"什么情况不情况的，"夏乃姑母开口了，"不就是我们看到的那样吗？我哥跟某个人一起从后门去小屋，被那个人杀了，那个人独自回到了主屋。只能这样想吧。"

我顿时紧张起来。

除了后门和小屋之间的三串脚印以外，没有发现其他可疑的脚印或痕迹。这说明凶手就是主屋里的人——就在我们五个人之中。

"很遗憾，事情并没有那么简单。"涟摇摇头，"忠波瑠先生在雪停后进入小屋，这本身就很奇怪。"

"哪里奇怪？不就是凶手用花言巧语骗了舅兄，把他带进了小屋吗？"

"不是指这个。按理说，无论是忠波瑠先生还是凶手，从客观条件来讲都是不可能进入小屋的。"

"什么意思？"

"因为停电啊。受大雪影响，从昨晚二十三点左右起，一直到今早发现尸体之前，这片地区停电了。小屋的门锁经过忠波瑠先生的改装，需要输入密码使马达运转才能打开。也就是说，没有电就没法从外面开锁。按理说忠波瑠先生和凶手都不可能进入小屋里面。"

不知是谁发出了"啊——"的一声感叹。

还真是。

昨晚十一点左右，客厅的灯因停电而熄灭，夏乃姑母发起的小型宴会就此结束。

昨天吃晚饭时，路灯映照着庭院。但夜里十一点多，我用电池听收录机时，路灯的光芒已经熄灭，窗外一片漆黑。

今早，涟敲门把我叫醒，在我打开房门的下一秒，走廊上亮起灯光。假如我起床之前供电就恢复了，应该会有人在我开门之前就把灯打开。

估计是刚停电时有人反复按开关，最后停在了"开"的状态没再动。我打开门时正好来电，灯就亮了。我又想起洋三姑父咕哝的那句"总算来了啊"。

"那小屋门锁的密码变了……"

"是因为停电变回初始设置了吧。"

初始密码是"1111"，洋三姑父当时恰巧说中了。

"常规设施为了保证在出现紧急事态时能够开锁，一般也会准备机械锁。可小屋那扇门是被忠波瑠先生这个外行改装过的，门上没有钥匙孔。也可能他是比起应对紧急事态，更加重视撬开的难度。"

"等等——九条，稍微等一下。"我慌忙说道，"这就怪了。那我爸是怎么进到小屋里的？"

"是不是在门缝里夹了什么东西？这样停电时也能打开门。"洋三姑父问。

"如果是这样，就说明那个人预料到会停电。我不敢断言这完全不可能，但可能性应该很低。"

"那么……会不会是……"夏乃姑母的语气充满困惑，"东侧墙上有扇小窗吧。把棍棒之类的东西伸进小窗，从里面打开门……"

"要做到这件事，就必须要先在停电之前进入小屋，从里面把窗户的锁打开。这同样是能预料到停电的人才办得到的事。退一万步说，假设那个人的确这样做了，那么小窗附近应该留有脚印之类的痕迹才对。虽然刚停电时雪还在下……但是雪可能会在彻底盖住痕迹之前就停。凶手何必冒这个风险把忠波瑠先生的尸体搬进小屋呢？"

把尸体扔在小屋外面不就得了——涟想表达的是这个意思。

"那到底是怎么回事？"洋三姑父不耐烦地发问。

"前提就错了。"涟冷静地回答，"不是在停电时撬开了门，而是在停电之前，忠波瑠先生的尸体就已经在小屋里了。凶手在雪停之后伪造出脚印，让人误以为凶手是在雪停之后才犯下罪行的。"

大家鸦雀无声。

夏乃姑母和洋三姑父哑口无言。母亲仍是一副恍惚的表情，也不知听没听懂涟的话。

"不对，九条，还是很奇怪。脚印的串数又怎么解释？假设有两串分别是凶手往返留下的，那不是还多了一串去的脚印吗？难道凶手在雪停之前去了小屋，等新雪盖住脚印之后，先回到主屋，再往返一次，其中一次回来时是倒着走的，留下了一串去的脚印——你该不会是要这么说吧？雪随时都有可能停啊。"

涟盯着我看了片刻，轻描淡写地说："具体方法我就不知道了。"

"啊？"夏乃姑母失望地大喊，"掰扯这么半天，到关键的问题就只有一句'不知道'？你在耍我们吗？"

"我并不是侦探。调查案件是警察的工作。只不过，相比凶手在停电时硬是把忠波瑠先生塞进小屋的可能性，凶手伪造了脚印的可能性显然高得多。至于具体方法,还是盘问凶手更省事。只要熟读古今各国的推理小说,伪造脚印的方法要多少有多少。"

"那么,凶手是谁呢?"

听洋三姑父这么问,涟叹息着摇摇头。

"我不是警察,在证据还不足的阶段不能贸然下结论。我能说的只有以下这些:昨晚二十三点以前没有不在场证明,并且能够伪造脚印的某个人,或者某几个人,就是凶手。"

涟交替迎着夏乃姑母和洋三姑父的视线回看过去。两人僵住了。

"什……什么意思啊,你是想说我俩是凶手吗?开什么玩笑,那边那对母女不也一样没有不在场证明吗?我们之前可不知道小屋门锁的密码!"

"很遗憾,知不知道密码并不是决定性因素。既然忠波瑠先生在小屋里面,那么很有可能是他自己打开了门。胡乱按按键碰巧把门打开也是有可能的。您的丈夫刚才就恰巧说中了密码。"

姑父、姑母都面色铁青。

"我要反过来请问一下两位。你们昨天说,是忠波瑠先生叫你们过来的。可忠波瑠先生迟迟不露面,你们却一点也不着急,在我们面前甚至都没表现出想要去找他的意图。

"你们来这个家的真正目的是什么?"

※

姑父、姑母被捕,是在次月月底。

也差不多是在那一阵,涟离开了我们居住的这片地方。我不清楚详细情况。从他坚决拒绝当新闻社社长这一点来看，这事恐怕早就定下来了。我想起他之前说的"去找住院的熟人'打招呼'了"这句话。

我最终迫不得已放弃了高考。
不久后，母亲突然亡故，我卖掉自己出生长大的家，离开了这个被诅咒的地方。

收到涟寄来的信，是在很久很久以后——一九八三年冬天。

6

河野茉莉女士

敬启

这封唐突的航空信或许会让你感到惊讶。我也很久没有用母语写过信了，稍微有些紧张。文不从字不顺，还请见谅。

本来想详细讲讲我的近况，但感觉说来话长，就只简单提几句吧。正如学姐所知，在令尊去世的那起案子发生后不久，我离开了那个地方，现定居于信封背面写着的地区。虽然生活很难称得上平稳，所幸没出过大的差错。

由于上述情况，我在很长一段时间里都没能把握案件的调查进展和学姐的近况。很久以后，我才终于通过辖区警署等途径得知包括现住址在内的学姐详细近况，然而事情的始末与我所预想的相差甚远。

现在，我要作为案件的当事人之一，将当时未能说出口的"臆测"记录如下。如有谬误之处，望能以红铅笔酌情订正。

河野学姐。
把忠波瑠先生的尸体藏到小屋并伪造脚印的，是你吧。

你大概会想，我这么说有什么根据，被捕的明明是佐古田夫妇。

明明是他们想要逼迫河野家返还借款，却反过来被忠波瑠先生偷拍到行贿现场，遭到威胁，为了灭口并藏匿证据而杀害了他。

的确，状况证据与物证似乎全都对佐古田夫妇不利。

在忠波瑠先生的银行保险柜里发现了胶片，拍摄的是洋三先生向省厅干部递交贿金的场景。

洋三先生给忠波瑠先生汇款的金额，相比案发大约一年前有显著增加。

被认定为凶器的高尔夫球杆上，只检测出洋三先生的指纹。他表示那是练习挥杆时留下的，但这一主张事实上遭到了无视。

从佐古田夫妇访问你家，到第二天早晨发现忠波瑠先生的尸体，在这期间，他们两人，尤其是洋三先生，都在相当长的时间里没有不在场证明。

从我获得的资料来看，似乎对当时的辖区警署来说，仅凭这些事实，便足以认定佐古田夫妇为杀人凶手。

关于停电和脚印的矛盾，也看似通过"去的两串脚印是两人一起留下的，回程则是由洋三先生背着夏乃夫人回来"这种牵强的解释解决了。

但河野学姐应该也知道，那并不是事实。

三串脚印的深浅都差不多。如果佐古田夫妇是用上述方法伪造了脚印，那么返回的那串脚印就会比去的两串脚印深得多，差别明显到外行人也能看出来。可当时我并没看到脚印的深浅有这样的差别。

不过，警察赶到现场时，新雪已经盖住脚印，难以做详细鉴定，这也成了招致误解的原因之一。

他们真的是凶手吗？
我认为并非如此。

佐古田夫妇有什么必要在发生停电之前，即二十三点之前，把忠波瑠先生的尸体丢到小屋呢？

从他们来访时起，到发生停电时为止，主屋客厅里一直有人。从客厅能将庭院一览无余。如果有谁透过窗帘的缝隙望向窗外，看见自己出入小屋的场景怎么办——他们没考虑过这种微小但确实存在的可能性吗？有必要冒这么大的风险去小屋吗？从正门出去，比如说往小屋的相反方向走，去房屋用地的东北角，把尸体埋到雪里，这样做更不容易引人注目，因而更加安全。

另外，为什么要用高尔夫球杆当凶器？

打击伤位于忠波瑠先生的后脑勺。这说明忠波瑠先生当时背对着手握高尔夫球杆的凶手。

他是待在屋子里时，遭人从背后袭击的吗？不，他是个小心谨慎到会为了防盗而自制密码式门锁系统的人。待在屋子里的时候，忠波瑠先生肯定会锁门。他也不像是那种感觉迟钝的人，即使入侵者默不作声，他应该也不会注意不到脚步声、门的嘎吱声等动静。

那么就是凶手若无其事地把忠波瑠先生约出来，趁其不备从背后袭击了他。但是，在这个场景中会使用高尔夫球杆吗？

无论怎么想，高尔夫球杆都不适合用作奇袭的武器。它很难藏在身上，不遮不掩地拿在手里又会令忠波瑠先生产生警惕，打倒对方时还有可能让人听到动静。比起高尔夫球杆，在身上藏绳子或利器要便捷得多。

我并不是要说他们完全无辜。

夏乃夫人泡完澡后来到客厅拖住大家，那段时间里洋三先生没有露面，这一点确实反常。不过，他们并没有谋划杀害忠波瑠先生，只是在寻找忠波瑠先生用来威胁他们的那张胶片吧。

忠波瑠先生始终不露面，却有我这个外人在场，这或许令他们感到混乱，怀疑这会不会是什么陷阱而有所克制。就算搜家时没碰上忠波瑠先生，他们也只会因此感到更加困惑。洋三先生和夏乃夫人的夸张举止，现在想来，其实是疑神疑鬼的体现。

案发半年前试图闯进小屋的小偷，恐怕也是他们吧。正好在同一时期，佐古田夫妇拜访过河野家，时间对得上。

说回原来的话题。

佐古田夫妇没有必要在二十三点之前去小屋，也没有必要用高尔夫球杆当凶器。但现实并非如此。

为什么——这么问没有意义。是不是应该反过来想呢？

凶手有无论如何也要去小屋的理由——为了把忠波瑠先生的尸体藏到最安全的小屋，不让任何人看到。

凶手并不是选择了高尔夫球杆，而是碰巧拿起了高尔夫球杆。

凶手不是佐古田夫妇。那么，就只剩下三个嫌疑人：我、由香莉夫人——还有你。

为确保公平，我先洗清自己的嫌疑。

发现尸体时，后门的三合土地面上倒着长靴，也就是说凶手知道长靴放在哪里。

但在小屋因停电而无法进入的二十三点之前，我没有机会得知长靴的存在。受邀到你家里后，我就一直跟在你或由香莉夫人身边，去泡澡时也没绕到玄关那边，而是直接去了浴室，你可能也从我的脚步声察觉到了这一点。

下面进入正题。

我最初感到反常，是在参观完小屋的展览室后，和学姐一起从后门回到主屋的时候。学姐让我在后门等着，一个人去把鞋放到玄关。

为什么不带我一起过去呢？

带我到玄关，把鞋放下后一起上楼去二层，这样做更合理，因为通往二层的楼梯与玄关只有咫尺之遥。没必要就为了把鞋放到玄关而特意让我在后门等着，自己在后门和玄关之间往返一趟。

你是想去确认客厅的门是否开着吧。

确认从门口是否能看见忠波瑠先生的尸体。

你看到了吧。

从小屋出来后，透过主屋的窗帘，看到了由香莉夫人打死忠波瑠先生的瞬间。

所以，你才把我留在后门，一个人去了玄关——准确地说，是一个人去了客厅。

为了确认客厅的状况，安抚恐怕正茫然无措的由香莉夫人让她平静下来，并把客厅的门关严实。

现在想来，你选择从后门而非正门回主屋，应该也是因为判断这样走更不容易透过窗帘缝隙看到客厅里面。从正门回去的话，会从客厅窗外经过。

确认过客厅的状况，回到后门后，你带我到二层自己的房间，命令我一步也不许动，谎称准备茶水去一层处理掉凶器，又把忠波瑠先生的尸体藏到小屋。

估计你就是在这个时候把两双长靴中的一双给尸体穿上的。之后发现尸体时，忠波瑠先生脚上没穿鞋的话，会显得很奇怪。

搬运尸体对你来说恐怕算是重体力活儿，因为由香莉夫人脚受伤了，你没法让她帮忙。但是，你在女性里算是个子比较高的，而忠波瑠先生的体形在男性里算是偏瘦小的。把尸体背到小屋对你来说并非不可能。所需时间应该在十分钟左右。

雪仍在下，但当时你还穿着外套。只要在客厅把外套晾干，再把头发撑干净，就能彻底隐瞒自己又外出过的事实。假如我追问起来，我猜你是打算用"出去倒垃圾了"之类的借口搪塞过去。

这时对你而言最危险的因素是我。要是我打开窗帘看向外面，就全完了。所以你才命令我"一步也不许动"。带我去北侧的空房间倒是不会出问题，但你判断这样做可能会招致我的怀疑。在这个时间点，你还没打算让我在你家留宿。

不过，对你来说很幸运的是，我当时老老实实遵守你的指示,没有看窗外。如果我往窗外看了,没准我也要一命呜呼……不,这当然是玩笑话。

搬运完尸体后,你再次叮嘱由香莉夫人不要声张,然后回到二层,招待我茶水。

那杯茶的味道,我至今记忆犹新。

恕我直言,那味道跟泡乏的茶似的,即便是恭维也说不上好喝。这也难怪,因为你根本顾不上换掉茶壶里的茶叶重新泡茶。

我一次也未曾怀疑过会不会是你杀害了忠波瑠先生。

我在主屋里,在这个前提下,你不可能选择用高尔夫球杆把人打死这种也许会让人听到动静的杀人方式。

既然佐古田夫妇不是凶手,那么能够杀害忠波瑠先生的,就只剩下有机会杀害他而不被任何人听到动静的人——我和你在小屋的时候,与忠波瑠先生待在主屋的人——由香莉夫人了。

准备晚饭时,由香莉夫人只端了五碗玉米汤到客厅来,对吧。

那是在你去叫忠波瑠先生之前。明明他可能会来吃晚饭,为什么没算上他那份准备六碗呢?

因为她知道忠波瑠先生绝对不会出现在客厅,于是下意识地把他那份单挑出来了。

她为什么杀害丈夫?杀人前后是什么情况?我不清楚真相,但能够做出一些想象。

由香莉夫人大概长期遭受忠波瑠先生的家暴。

夫人的脚伤,不是在楼梯摔倒导致的,而是忠波瑠先生造成的吧。

佐古田夫妇登门拜访时,由香莉夫人的脸颊隐约有细长的红肿痕迹。那应该是被人用高尔夫球杆的杆柄殴打脸颊留下的。

那么，用高尔夫球杆当凶器也就说得通了。

忠波瑠先生殴打由香莉夫人之后，命令她收好高尔夫球杆。日积月累的负面情绪终于令夫人失去理智。

忠波瑠先生恐怕万万没想到温顺的由香莉夫人竟会做出那样的事，毫无防备地背过身去。

你是在处理尸体时顺便处理凶器的——擦拭球杆上的指纹，将球杆收回储藏室。在那之后，洋三先生恰巧握过被用作凶器的一号木杆……关于球杆上只检测出洋三先生的指纹这一点，我听说你做证称你们一家人都没有打高尔夫球的兴趣，并且经常清理高尔夫球杆，所以警方没有将此视作太大的疑点。

听说由香莉夫人在案发几个月后自缢身亡。

在此略去哀悼之语。事到如今再说这些，在你听来也只不过是尖酸刻薄的挖苦话。

不过，我也并不认为你不憎恨父亲。

你应该也一直很想除掉总是虐待母亲的父亲吧。即便没打算动真格的，应该也曾在心里描绘过许多种杀害他的计划。不然，目睹双亲的其中一人杀害另一人后，你不可能应对得那么麻利。

吃晚饭前，你去叫忠波瑠先生的过程中，也在谨慎地遵循寻找他时应采取的步骤行动。在楼下能隐约听到楼上传来的脚步声和敲门声。也可能你是故意把动静弄得大了些。

现在只剩下一个较大的疑点——你是怎么伪造脚印的。

其实，我之所以此前一直没寄出这封信，原因无他，就是因为到最后也没弄明白这个手法。

但前几天,我把这起案件略去详情告诉上司后,她只花了一个晚上就轻而易举地解开了脚印之谜。

下面大致记述一下她对我讲的内容。

关键点有二:一是去的两串脚印挨得很近;二是这两串脚印鞋底形状相同。

只要能接受这些局限,单程就能伪造出两个人的脚印。

方法很简单。不需要共犯,也不需要特殊道具。

假设先迈左脚。左、右,像这样踩出前两步脚印后,右脚退向斜后方,踩出第二个人的第一步脚印,然后挪动左脚,踩出第二个人的第二步脚印。接着,左脚迈远一些,踩出第一个人的第三步脚印,再挪动右脚踩出第一个人的第四步脚印。然后如前所述踩出第二个人的第三步脚印和第四步脚印……之后如法炮制即可。(见图五)

用这种方法走到小屋后,再正常走回来,就能伪造出看似"两个人去,一个人回"的脚印。

能做到这件事的,除了佐古田夫妇,就只有一个人——脚没受伤,并且知道长靴放在哪里的人。

河野学姐,只有你能做到。

停电后,我跟你一起用放在鞋柜上的应急手电筒打着光,把由香莉夫人扶到二层。手电筒就随手放在了二层楼梯口边上。你伪装脚印时把它拿去用了吧,毕竟在黑暗中无法看清脚印的位置。

雪是在夜里一点停的,此时夜深人静,想必大家都已睡熟。我和佐古田夫妇的客房都在北侧,而且房屋四周围着高高的围墙,无论是从主屋里还是从围墙外面,手电筒灯光被人看见的风

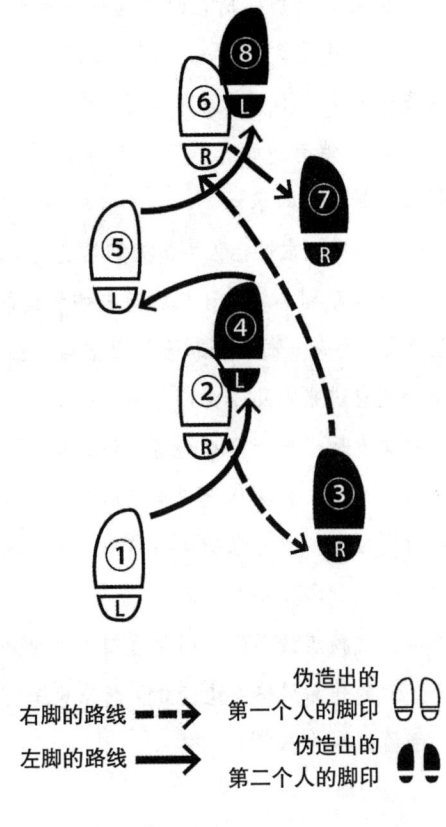

图五 伪造脚印的步骤

险都不大。

如果不把忠波瑠先生的尸体藏到小屋,而是藏到主屋的显影室之类的地方,把我和佐古田夫妇打发走,不让我们在家里留宿,之后再把尸体埋到庭院里,那么不用像前面说的那样大费周章,就能渡过眼下的危机。

不过你大概是偷看了忠波瑠先生写的信，或是通过别的方式早早得知佐古田夫妇要来访，所以这个选项对你来说没有意义。佐古田夫妇应忠波瑠先生之邀而来，却没见着他便被下逐客令，紧接着忠波瑠先生又下落不明。可以想见，他们迟早会怀疑你们母女。就算当天用"他有急事出门了"这样的借口暂时应付过去，他们起疑心也是迟早的事。

你只剩下一个选择：索性把佐古田夫妇卷进此案以分散嫌疑。

所以你才把尸体藏到小屋，让佐古田夫妇和我留宿。小屋没有空调，屋里冷得像冰箱一样，正适合扩大推测死亡时间的范围。

把我这个外人卷进来，除了牵制佐古田夫妇，应该还有一个意图，那就是在案发后，把大概率会落到佐古田夫妇身上的嫌疑尽量往我身上推。为此，就必须把犯罪时间限定在我绝不可能有不在场证明的时间段。所以你选择在雪停后，大家都已睡熟的时候，用前述方法伪造脚印和犯罪时间。

说句题外话，我猜忠波瑠先生叫佐古田夫妇过来，是为了索要更多援助金。他的作品风格发生变化，想来也是受"偷拍到犯罪现场"这一经历的影响。

不承想，停电打乱了你的计划。

你好像不知道停电会导致密码变回初始设置，但没有电就打不开小屋的门这一点你心里肯定清楚。可是，不留下脚印的话，又难保不会有人指出真正的犯罪时间在佐古田夫妇来访之前这一可能性。你只得一边伪造脚印，一边祈祷快点恢复供电。

现实则是停电一直持续到第二天早上，你的冒险行为以失败告终，不过，佐古田夫妇还是被捕了。

以上就是我关于这起案件的臆测。

信纸剩余的空间不多了。

对佐古田夫妇的庭审似乎还在进行。

他们问我真相时,我没有正面回答。因为我害怕会亲手将你们一家——将你,逼至毁灭的境地。也有逮捕凶手是警察的工作、记者不能仅凭臆测记述事件这种类似借口的心理作祟。

但这恐怕是个天大的过错。

尽管佐古田夫妇犯下行贿罪,尽管他们对由香莉夫人态度轻蔑,也没有连杀害忠波瑠先生之罪都让他们来背负的道理。我逃避眼前的事实,从结果而言,或许是在将他们推向毁灭。

能为我定罪的,能判决我的臆测之真伪的,河野学姐,只有你一个人。

要怎么做,全部交由学姐决定。

又要逃避吗?你可能会这样斥责我。但是,我手头没有任何证据。隔着大洋插手祖国的法院与警署的事务,也无人会理睬。

请尽情嘲笑我这个无能的学弟吧。

最后,望君珍重。

敬具

一九八三年二月四日
九条涟

红发恶魔不会知晓

我房间的柜子里放着一个人偶。

是穿着J国和服的少女人偶。它默默待在落了灰尘的玻璃柜里，日复一日不知疲倦地用冰冷的眼神注视着凌乱的房间。

这个异国人偶与我一点也不相称，我却一直舍不得扔掉它。

它会让我想起那个如今已一去不返的少女。她曾是我独一无二的挚友。

以下讲述的并不是关于这个和服人偶的故事，而是关于某起不祥案件的记忆。

这起案件成了"她"把这个人偶交给我的契机，同时也给我的人生带来翻天覆地的变化。

1

有什么东西摩挲着脸颊，酥痒感令玛利亚·索尔兹伯里睁开眼睛。

清爽的草叶气息蹿进鼻腔，熟悉而亲切的声音乘着微风传至耳畔。

"早上好，玛利亚。"

模糊的视野慢慢清晰起来。声音的主人——哈兹娜·阿南左手撩起黑色长发，露出恶作剧般的微笑。

"该起床啦。已经是午休时间了哟。"

"啊，哈兹娜……"

玛利亚坐起身，摇摇头驱赶睡意。她缓了缓神，才想起自己逃课躺在树荫下睡着了。"既然是午休，就让我接着睡嘛。离下午的课……这不是还有好长时间嘛。"

她看看手表，打了个哈欠。

哈兹娜苦笑道："这可不行，照你这架势，估计会一直睡到放学后。来，我做了三明治，一起吃吧。"

哈兹娜把右手抓着的草放到草坪上，随即抬手举起饭盒。都说了——话未出口，玛利亚的肚子便叫了起来，声音大得有失女学生的仪态。她的脸颊泛起红潮。

哈兹娜忍俊不禁，打开饭盒盖。饭盒里的三明治夹着颜色鲜艳的食材，有炒鸡蛋、火腿、莴苣和西红柿。吐司的断面、三明治切块的摆放都十分整齐，很有哈兹娜的风格。"给。"哈兹娜递来湿巾。玛利亚清了清嗓子掩饰尴尬，接过湿巾伸手拿起一小块三明治。

Ｇ州Ａ市郊外一所高中的后院，角落里的一棵大树下。

春日的阳光透过树叶间隙悠悠洒落。制服短裙下是柔软的草坪。午休时的喧闹声，在这里也只是隐约可闻。

这里是绝佳的休息地点。没有不速之客。自从大约半年前发生那件事以来，整个高中无人不知无人不晓——这里是"红发恶魔"的根据地，谁也不敢靠近——玛利亚像听别人的事一样从室友那里听说了这些。

哈兹娜是唯一的例外。

她有着波浪般微鬈的黑色长发与柔和的五官，包裹娇小身躯的制服一丝不乱。她的成绩也很优秀，在这所有名门之誉的高中里总是名列前茅。从各种角度来看，这名少女都与刚转学来到这个班上就不断被卷入各种大小纠纷里的玛利亚正相反。

自己是从什么时候起跟哈兹娜成了像这样一起吃三明治的关系呢？玛利亚不记得准确的日期了。去年转学过来后没过多久，某一天，她信步来到这个后院，见其他学生像赶虫子似的驱赶哈兹娜，抬腿便踢向领头模样的男生胯下。她的停学处分结束后，哈兹娜向她道谢，渐渐地，两人能聊上些话了。

不知不觉间，在这牢狱一般的高中里，哈兹娜成了对玛利亚而言为数不多，甚至可以说是几乎唯一能称为挚友的人。

念不利索这发音带着 J 国味、美丽却不顺口的名字而舌头打结，仿佛已是遥远的往事。哈兹娜本人是在 U 国出生的，不过她表示"在父母的祖国，这名字并不罕见"。

"对了，玛利亚。"

哈兹娜把用来挠玛利亚鼻子的草放进空了的饭盒里——其中三分之二的三明治都进了玛利亚的肚子——边盖饭盒盖边抛来问题。她的运动夹克制服上没有一丁点食物残渣，和胸口、短裙上都掉满面包渣的玛利亚形成鲜明的对比。

"上次物理考试的成绩怎么样？"

玛利亚噎住了。这是她现在最不想碰的话题。

"啊……这，这个嘛，还算过得去吧。"

"具体成绩是？"哈兹娜猛地把脸凑过来，"老实交代吧，玛利亚·索尔兹伯里，物理考试考了多少分？"

在宛若黑曜石的双眸的注视下，玛利亚只好坦白："不及格。"

"离补考只有四天了。"哈兹娜叹了口气,"真拿你没辙……下午乖乖去上课,放学后也给我好好学习。不懂的地方我帮你看。"

"那个,今天晚上我有事……"

"什么事?"

哈兹娜微笑起来。那是平静而透着压迫感的笑,与方才的笑相似,本质却有所不同。

"玛利亚,你没加入任何一个社团,再说你是住宿生吧?在这种弄不好要留级的节骨眼,你可别跟我说你的所谓'有事'是要去玩啊?今天下午放学后在图书室会合,记住了没?敢不来的话,我就再也不给你做三明治了。"

最具杀伤力的话迸了出来。玛利亚只得呻吟着回答:"遵命,女士。"

"很好。"

哈兹娜像刚训完孩子的母亲一样点点头。红发恶魔在她面前也气势全无……或者该说是完全被驯服了吗?

预备铃响起,午休结束了。玛利亚死心地站起来,掸掸胸口和前后裙摆。

这时,哈兹娜将双手伸到玛利亚腰间。

她把玛利亚露在外面的衬衫下摆塞进短裙里,用娴熟的手法整理了一下。

"喂,哈兹娜?!"

黑发挚友只用一句"乖,别动"便制止了玛利亚的抗议,又将手移向玛利亚的衣领。柔软的手指系上衬衫扣子,重新系好缎带。

"我都说过多少次了,至少要保持仪表整洁,这样老师们对你的印象也会有所改变。而且你这么漂亮，身材又好，好好打理一下的话，男生们绝对会争先恐后地追求你的。"

"现在注意也晚了。"玛利亚感到脖子根格外痒痒，"再说，只冲着外表来追我的家伙，我躲还来不及呢。"

"再这么挑挑拣拣下去，当心错过适婚年龄哦。"

哈兹娜笑着打趣道，右手松开缎带，摸了摸玛利亚的头发——准确地说，是左耳旁边朝斜上方翘起的发尾。

"下次再给你整理这个……好了，走吧。"

哈兹娜捡起脚边的饭盒，制服裙摆轻轻摇曳。"知道了。"玛利亚跟了过去。

一九七〇年春天。

在这个时代，过去一年里人类的首次登月令世界沸腾，个人用的通信终端却仍只存在于科幻小说中。在这个时代，与远方的人交流基本只能写信或打固定电话，气囊式飞艇连概念都还不为世人所知。

憋闷、焦躁与瞬息的安宁循环往复，织就高中的岁月。牢狱生活般漫长又短暂的时光结束后，就随便找个工作，或者升学。与来之不易的友人抽空去旅行，卷进各种各样的麻烦，但总有一天会稳定下来，成立家庭，抑或过着随心所欲的独身生活。

自己将会度过这样的人生——此时的玛利亚对此深信不疑。

※

她们沿着校舍走在校园里。校舍是砖砌的，唯有外观气派，水滴沿着窗户悄然滑落。雨势不大，但看样子要下很久。看来明天基本不可能放晴了。延期也行，她想尽快跟哈兹娜商量把野餐改到哪天。

可哈兹娜直到现在都没联系她。

到底是怎么回事？就算身体再不舒服，以哈兹娜的性格，这时候也该联系她一下了。

该不会真出什么事了吧？

"啊啊，够了！"

玛利亚猛地站起身，差点把椅子掀翻。她的忍耐已经到了极限。"赛琳，抱歉。你先回房间吧。"

"这倒是没关系。"赛琳依旧面无表情，静静注视着玛利亚，"但别忘记我刚才的忠告。不要跟阿南小姐走得太——"

"不用你多管闲事。"

玛利亚正要往食堂门口走，赛琳忽然悄无声息地拽住她的袖子。

"你干吗？都说了别妨碍我……"

赛琳一言不发地指着桌子。盛着空盘子和空杯子的托盘还在桌上放着没动。

"你忘了东西……急着走的话，可以付我两美元，我帮你收拾。"

吃完饭后要自己把餐具放到回收处，这是宿舍食堂的规矩。这个守财奴！玛利亚心里暗骂，抓起自己的托盘撂到墙边的回收处。

她冲出食堂，穿过宿舍楼正门大厅，朝宿管办公室走去。她很少去那个地方，也向来避之不及，但整栋宿舍楼里只有宿管办公室有电话机。

古色古香。

玛利亚注意到，越接近校舍正门，哈兹娜握着饭盒把手的手指越用劲，像在忍住不让自己颤抖。

"哈兹娜——"

"没事……我没事的。"

哈兹娜挤出笑容，轻声答道。

两人并肩踏入校舍正门的瞬间，周围的学生齐刷刷投来视线。

那是不含一丝善意、充满轻蔑与嫌恶的视线。"哎哟喂，黑炭魔女大驾光临……""红发恶魔也在一块儿啊……""挺配呢，两人都这么各色……"饱含恶意的低语声四起。

"你们这帮家伙！"

玛利亚朝着近处的学生刚迈出半步——

"玛利亚，别这样。"哈兹娜小声说着，拽拽玛利亚的袖子，"我没事……反正从来都是这样。所以……"

"可是——"

哈兹娜沉默地摇摇头，笑容里满是悲伤与痛苦。玛利亚只得把快要冲出口的话又咽回去。

是啊，从来都是这样。

乌黑的头发、色泽饱满的皮肤。在这所聚集了许多富裕的白人子女的名门高中，从某种意义上来说，哈兹娜是比玛利亚更加显眼的异类。连教师之间都蔓延着露骨的白人至上主义，在这样一个封闭空间里，哈兹娜每一天都在承受着来自其他学生的恶意。

玛利亚咬紧牙关，瞪向周围。与她目光相碰的学生纷纷错开视线，慌张地四散跑开。

此时，一个矮个子少年正在几十步开外处凝视着她们。

难得见他独自一人。他的目光阴郁却锐利,又含着些哀怜。哈兹娜似是终于忍耐不住,用细小而颤抖的声音说道:"杰克。"

少年却忽然转身走开了。

来不及追上去。只剩下自己和哈兹娜两人后,玛利亚恼火又烦躁地叹了口气。哈兹娜有些过意不去地垂下眼帘。

"对不起。我……"

"用不着道歉。现在再道歉也没什么意义。"玛利亚强硬地拉起哈兹娜垂下的手,"还是赶快走吧。你让我下午乖乖去上课,自己反而迟到的话,算怎么回事啊。"

"是……是啊。"

哈兹娜的嘴角微微泛起一丝笑意。

2

"所以,分析'受力平衡'的问题时,需要找出的只有物体'受到'的力。不能找多了,也不能漏掉,还要考虑受力方向。

"这道题里存在摩擦力,那么滑块受到的力就有重力、来自斜面的支持力和与斜面之间的摩擦力。

"关键点有三:第一,用三角函数把重力分解成垂直于斜面和平行于斜面的两部分;第二,摩擦力平行于物体与斜面的接触面,方向与物体运动的趋势相反;第三,斜面对物体的支持力垂直于斜面,并且根据牛顿第三定律,与物体的重力——在这道题中是垂直于斜面的那部分重力——恒等,可以不管它……也就是说,只考虑平行于斜面的力就可以了。

"那么来看平行方向的力。摩擦力 μN 和平行于斜面的那部分重力 $mg\sin\theta$ 达到受力平衡状态,所以滑块开始滑动的角度

θ……玛利亚，你在听吗？"

"啊？"手被铅笔戳了一下，玛利亚慌忙抬起头来，"啊，嗯。我听着呢。然后呢？"

"说什么瞎话，明明在尽情打盹。"

哈兹娜一脸惊呆了的表情瞪着自己。完全暴露了。

放学后，图书室。

窗边的小小圆桌旁，哈兹娜正在给玛利亚讲解力学问题。

屋里没有阳光。为了防止书本受到日晒，窗户全是朝北的。隐隐的霉味搔着鼻子，恰到好处的晦暗令人昏昏欲睡。

图书室很冷清，只有玛利亚和哈兹娜占了张桌子。担任图书管理员的女生在门口旁边的服务台读着平装书，对不停窃窃私语的玛利亚和哈兹娜看也不看一眼。也不知她是读书读得太过专注，还是害怕红发恶魔。

哈兹娜皱起眉头。

"我的讲解这么难懂吗？"

"没，没那回事。"玛利亚拼命摇头，"不是你的问题。我一看见算式就犯困，该怎么说呢……就像是受到了某种诅咒一样。"

"这是谁给你下的诅咒啊？"黑发挚友恢复了笑容，"说正经的，你是哪里不懂？"

"老实说，从一开始就不懂。"玛利亚用手指抵住下巴，"摩擦系数到底是什么？越重的物体越不容易移动，这个我从直觉上能明白，可为什么摩擦力只由摩擦系数和支持力决定啊？在重量相同的情况下，粗铁桶和地板的接触面积比细铁桶要大，不是应该更难移动吗？"

哈兹娜眨了眨眼。

这个问题是不是太蠢了？

或许是察觉到了玛利亚的不安,哈兹娜摇摇头说"不是的"。

"正相反,我觉得这是个非常好的问题。"

"咦?"

"其实,摩擦这种现象并不像大多数人想的那么简单。

"'摩擦力只与物体受到的支持力成正比',这终归只是由实验得来的、只在一定范围内适用的结论。至于这样的比例关系为什么成立,存在许多种理论,物理学界至今没有达成一致见解。

"最具说服力的理论模型是这样的:分子级别的真正接触面积比表面看来的接触面积小得多,单位面积的负重越大,真正的接触面积就越大……差不多就是这么回事。不过,真正的接触面积肯定不会比表面上的接触面积还大,箱子沉过头的话,这个比例关系就不成立了。

"另外,地板上涂上蜡,就会变得滑溜溜的,使物体容易滑动。当接触面的分子状态发生变化时,摩擦力也会轻易随之改变……在基础的题目里都会有'不用考虑与地板之间的摩擦力'这项注释,对吧?

"摩擦就是这样一种变幻不定的现象。'摩擦力=摩擦系数×支持力'这个公式,只不过是以实验事实为基础的、方便计算的工具而已。"

听了哈兹娜流畅的讲解,玛利亚不禁傻乎乎地"哦"了一声。

"摩擦这东西还真是挺随便的。"

"也可以这么说吧。在要考试的人看来,确实是这样。"

哈兹娜回以苦笑。

玛利亚换了个话题:"你好厉害啊,能理解得这么透彻。我怎么都达不到这样的境界。是不是我们的大脑结构根本就不一样啊?"

"才没这回事。刚才说的那些,大半都是我从专业书里现学现卖的。而且你也不比我差呀。不,不只如此,只要好好学习,你肯定能考出比我高得多的分数。"

"我这个考试永远不及格的补考常客,考出比你更高的分数?这不可能。"

听玛利亚这样自嘲,哈兹娜摇摇头。

"你有看穿问题本质的能力,从你刚才提的关于摩擦的问题就能看出来。可以说是找准重点的才能吧……你远比自己以为的更加聪明优秀。"

太抬举我了——玛利亚刚想这么说,却又闭上嘴。

黑发挚友眼里没有一点开玩笑的神情,目光中充满深深的确信。

"哈兹娜——"

"话说回来,前提是你得'好好学习'。"哈兹娜的表情缓和下来,又露出和中午时一样的恶作剧般的笑容,"好了,现在先准备补考。试着用我刚才教你的方法解题。做对五道题之前不许回去。"

玛利亚脸颊抽搐。此时是十五点半,残酷的拷问才刚刚开始。

※

两人卡着图书室关门时间按量完成任务,疲惫不堪地走出校舍时,暮色正渐渐笼罩天空。

玛利亚与哈兹娜并肩踏上归途。玛利亚住在女生宿舍,哈兹娜则一个人住公寓,与家人相隔甚远。宿舍附近有个公交车站,在很晚的时间仍每隔十五到三十分钟有一趟去市区的车。两人有一段顺路。

不过，玛利亚还从没去哈兹娜的公寓玩过。她以前试探着问过能不能去玩，哈兹娜一脸歉意地拒绝了。即便是长久以来有着"我行我素""红发恶魔"等评价的玛利亚，也总不能无视挚友的意愿，只好乖乖作罢。

忘了是什么时候，她曾问过哈兹娜，为什么要来这种学校上学。

U国自我标榜为自由的国度，有"种族熔炉"之称。然而在不少地区，对白人以外人种的歧视与偏见依然根深蒂固。毕竟这个国家有着从原住民那里夺走土地，直到一个世纪前还在肆意驱使奴隶的历史背景。差别对待白人和其他人种的诸多法律经由民权运动得以废除，只是近几年的事。

当然，也存在对所谓有色人种基本没有偏见的地区。非白人族群取得社会意义上的成功，获得认可的事例也有很多。

可这所高中至今仍是白人至上主义的巢穴。像哈兹娜这样的姑娘入学后会有怎样的遭遇，她的家人不可能不明白。

"我和爸爸都没想到。"对于玛利亚的问题，哈兹娜略显寂寞地笑着回答，"爸爸应该是想让我来这所学校镀金吧。"

一问才知道，原来哈兹娜的父亲并没有深入了解这所高中的内情，把"我校重视自由与平等……"这种宣传语当真了。看来拥有卓越的才能，在一代人之内发家致富的成功人士，在女儿的教育方面也还嫩得很。据说哈兹娜出生、长大的地方氛围比较自由，也许他们相信邻州"重视自由的传统学校"肯定也一样，丝毫没有起疑。

而这所推崇白人至上主义的高中竟会允许哈兹娜入学，看来是只要能收到捐款就行，之后无论发生什么都不关己事。这校风还真是够"重视自由"的。

而同样身为异类的玛利亚也有着相似的处境。

出生于普通的U国人家庭，在学校里的成绩甚是平凡——说白了就是很差劲。像自己这样的人，为什么能进入这所格调颇高的传统名校？

玛利亚对此不是完全没有头绪。高二那年，有一次，新来的男老师过来摸了她的屁股。

她登时一记右勾拳打向老师的鼻梁，把他送进了医院。至此还没有太大问题。不料这件事成了导火索，在玛利亚不知情的情况下，亲戚们好像召开了家族会议。也不知会议上出现过怎样的争执，总之他们在玛利亚升级的同时把她塞进了远离老家的这所高中。

据其中一位亲戚说，玛利亚的大伯父是从这所高中毕业的。直截了当地概括一下玛利亚现在的身份，就是"靠着连长什么样都不知道的远房亲戚的关系转学到精英学校的有前科的人"。

他们是以为只要进入格调高雅的学校，问题少女就会改头换面变成淑女吗？那他们想得也太美了。无论投进多么气派的马厩，悍马都不可能变成优良赛马。对于转学过来没多久就有了"红发恶魔"称号的玛利亚，亲戚们现在又是怎么想的呢？

玛利亚不知多少次想过逃跑，脑海里也曾闪过"干脆制造个会受到退学处分的大麻烦吧"这种危险的想法。之所以没有付诸行动，警界亲戚的强硬警告是一个原因，除此以外，无非是因为她有了留在这所高中的理由。

况且她本来也没有主动引发骚动的嗜好。

亲戚、同学，甚至老师，都明显把玛利亚看作麻烦制造机。

但在玛利亚本人看来，无论是打断老师的鼻梁一事，还是来到这所高中后导致自己受到停学处分的各种事，追根究底，都是麻烦找上她，没有一次是她自己造成了麻烦。可为什么大家都把她当成万恶之源对待啊？

她向哈兹娜发牢骚，结果黑发挚友一脸为难地回答："但是，玛利亚，怎么说呢，感觉你做事稍微有点过火……你在抖落火星时，有顺势把火源破坏掉的倾向吧？亲戚把你安排到这边，会不会也是因为过去发生过太多类似的事，打断老师鼻子的事只是'最后一根稻草'？"

完全没法反驳。

这位挚友现在正走在玛利亚旁边。

玛利亚下意识地动动嘴唇，问题脱口而出。

"哈兹娜，你有过想退学的念头吗？"

"有过。"挚友平静地回答，"不止一次……不过现在很少有这样的念头了。不能给爸爸添麻烦，而且——"

她说到一半就停下了。玛利亚等待了片刻，但哈兹娜没有继续说下去，而是有些害羞地反问："玛利亚，你这么问，那你呢？"

"跟你一样。刚转学过来时，我每天都在盘算着怎么逃跑。现在我也变得温顺多喽。"

要是哈兹娜追问原因，玛利亚没有能爽快回答的自信。幸好哈兹娜也没有再问下去。

这时——

"哟，红发恶魔在这个时候回来了啊。"

背后传来耳熟的声音。

回头一看，有两个男生正朝这边走来。其中一个少年个子很高，五官端正；另一个少年个子矮小，透着阴郁的气息，双肩扛着两个人的包和网球拍，跟在高个子少年的斜后方。看样子是刚结束社团活动回来。两人的制服领带上佩戴着相同款式的领带夹。是细长的银色领带夹，饰有切割成正方形的绿色石头，好像是翡翠。像在说明二者的主从关系似的，高个子少年的石头尺寸要大一号。

玛利亚立即将哈兹娜护在身后，厉声问道："文森特，你有什么事？"

"什么事？你觉得我会找你有事？"

高个子少年——文森特·奈瑟尔耸耸肩。

路灯的光芒照亮他微长的金发。他有着蓝色的眼眸，相貌端正，像是从时装杂志封面走出来的人物。制服夹克、衬衫和长裤上没有多余的褶皱与污渍。单论外表，"王子"这个词与他十分相称。

听说文森特的确是本地知名大亨的儿子。他的父亲是制造计算机、家电等电器的大型制造公司的社长，在辖区警署也很吃得开。

文森特与玛利亚、哈兹娜同年级，但他在这所高中的地位与她们截然相反。

"还是说，说出自己看到的客观事实，有什么不妥之处？"

"你的言行本身就是祸害。"

"红发恶魔哪儿来的底气这么说我？"文森特叹了口气，"真是太可惜了。要是你平时规矩一点，衣着整洁些，我也不是不愿意稍微关照关照你。"

"谁要你关照啊？我才不想被你这种人品头论足。"

玛利亚语带嫌恶地怼了回去。即使是同样的话，由哈兹娜说出来和从文森特嘴里吐出来，给人的感觉也是天壤之别。"没事就赶紧给我滚。还是说，你想再尝尝胯下挨一脚后趴倒在地的滋味，就像之前那次一样？"

文森特脸色骤变。从容王子的假面剥落，傲慢公子哥儿的真面目显露出来。"你这家伙——"高个子少年正要迈步朝这边冲过来时，背后的少年喊了声"少爷"制止了他。

"请住手。不可以和这样的人扯上关系。"

少年语气平淡。文森特向少年投去愤怒的目光，但转瞬便冷静下来，叹了口气。

"说得对。我居然会如此失态……杰克，我们走。"

文森特用手指轻轻整理一下矮个子少年的制服领子，然后瞥都不瞥她们一眼，目不斜视地从她们身旁走过，大步离开。

矮个子少年杰克·泰跟在后面。

正是午休结束后在校舍正门那边凝视她们的少年。那时候，他是在按照主人的命令观察这边的情况吗？

他有着茶色的鬈发和黑色的眼睛，长相阴沉，或者说是缺乏特征，难以给人留下深刻的印象。无论在校园内外，他都与文森特一起行动，俨然文森特的跟班。他也跟玛利亚、哈兹娜在同一年级，也不知是经历了什么事，才与文森特成了类似主从的关系。

从她们身旁走过时，杰克忽然看向这边。

那是毫无侮蔑之意的，流露着哀怜与寂寥的目光。在玛利亚身后，哈兹娜的呼吸微微紊乱。

刹那的交会过后，杰克再次看向主人，跟着离开。他的走路方式很特别，几乎不会发出脚步声。

真是的，难缠也要有个限度。

确认他们的背影消失在暮色里,玛利亚整个人都松弛下来。自从后院那件事以来,文森特不知谩骂过她多少次,话里混杂着轻蔑与怨恨。玛利亚转身朝向身后的挚友。

"已经没事了,咱们走吧。"

"嗯……谢谢你。"

哈兹娜低着头,挤出细弱的声音说道,先前平静的表情荡然无存。她此刻的声音比在校舍正门遭遇恶毒的言语与视线时还要细小而阴沉。

玛利亚愤愤地咬咬牙,一直都是这样——明明哈兹娜就在旁边,那帮家伙却都只看着玛利亚,只对玛利亚说话,就好像哈兹娜不存在于这个世界上——就好像她根本没有存在的价值。

这是精神折磨哈兹娜的最有效方法,那帮家伙无疑对此清楚得很。

玛利亚抓起哈兹娜的手,略微强硬地牵着她走起来。"玛利亚?!"哈兹娜的声音里含着困惑。玛利亚没有回话,手上又加了把劲。你就在这里——她在心里大声呐喊。

黑发挚友一言不发,只是轻柔地回握玛利亚的手。

多亏哈兹娜这些天的讲解,玛利亚顺利通过了补考。

"只是低空飘过及格线啊。你好好复习了吗,除了跟我在一起的时候?"

看着答卷上的分数,哈兹娜叹息着评价道,随即又向玛利亚露出温暖的笑容。

"不过,玛利亚,你这次真的很努力呢。下周日一起庆祝一下吧。我想想……去公园野餐如何?把整套茶具带过去,吃午饭顺便开个茶会。我会拿出看家的本事,争取做出比平时更好吃的三明治。怎么样？"

没有任何反对的理由。

※

左盼右盼，两人的周日之约却没能实现。

周六午后，厚厚的云朵逐渐遮住天空。
天气预报本来预测周末"天气晴"，到了当天却说翻脸就翻脸，改称"傍晚起有雨"。预计周日也全天有雨——宿舍食堂的电视里，新闻播报员摆出夸张的郁闷表情说道。

3

自己有多少年没像这样对着阴沉沉的天空破口大骂过了？
从盥洗室回到宿舍房间后，玛利亚坐到椅子上，对着窗户怒目而视。时间是十六点。云朵毫不理会玛利亚的凝视，炫耀似的赖在天空中不走。
连一丝蓝天都看不到。照这个天气，明天去公园野餐的计划极有可能要泡汤。
只有自己和哈兹娜两个人，改日期很方便，实在不行还可以一起去购物中心的美食广场吃饭。
可为什么会感到这么失落呢？明明早就过了会因为野餐计划取消而失望的年龄……
"你怎么了，索尔兹伯里小姐？"
突然有人在耳边说话，玛利亚吓得跳起来。

"赛……赛琳?!"

"这是太阳打西边出来了啊……红发恶魔居然会盯着窗户陷入沉思。"

玛利亚的室友,来自F国的留学生赛琳·托斯提万眯起浅茶色的双眼。

赛琳有一头及腰的浅黑色长发,脸上的浅笑要仔细观察才能注意到。她缺乏表情变化,因而有一部分人称她为"人偶",但已作为室友与她相处三个月的玛利亚知道,她绝非没有心的人偶。她此时微笑的含意,玛利亚也一清二楚。明显是在捉弄自己取乐。

"你什么时候过来的?"

"就刚才……你没发现?"

一点动静都没察觉到。这姑娘老是像这样吓人一跳。

赛琳从玛利亚身边走开,向对面墙边的桌子走去,双手拿着个小包裹。她经常会收到别人寄的包裹,玛利亚一年却只能收到一两封信,从没收到过包裹。老家那边的父母大概是有些盲目乐观,觉得名门高中里什么都有,无须特意寄东西。

室友坐到自己的椅子上,用娴熟的动作打开小包裹。她从小包裹里取出一个木盒,打开盖子,把里面的东西放到桌上。是一个黑发女孩的人偶,穿着J国和服,微微张开的双眼说不出地瘆人。

"赛琳,虽然对别人的兴趣说三道四不太好,可这都是第几只了?你也不腻啊。"

赛琳桌上摆的人偶已经有十多个了,据她本人说,那些是"世界各国的民间工艺品",是通过做贸易的父亲弄到手的。那些人偶的服装与造型各不相同,但每一个都面无表情,眼神吓人。

"是第十三人。这数字挺适合作为收尾呢。"

"除了恶魔的崇拜者,也就只有你会说这种话了。"

"哎呀,这可真不像是红发恶魔会说的话。"

赛琳浅浅一笑。我又不是自己想要这个绰号的——玛利亚刚想这么回答,赛琳又重新面向和服人偶,一脸陶醉地抚摩起人偶的黑发。玛利亚错过反驳的时机,只得叹了口气。

她转而问道:"这个多少钱?"

"这个嘛……我也不清楚具体价格,不过应该还挺贵的吧,听说这可是'半夜头发会变长的珍品'。多棒啊,能用它玩理发游戏哟!"

"这岂不是诅咒人偶吗!你也考虑考虑得跟这种东西同处一个屋檐下的我的感受啊!"

"你这说的是什么话啊,竟然管她叫'这种东西'。"室友蹙眉,像故意做给人看似的抚摩着和服人偶的头,"真是个可怜的姑娘……连长相都跟阿南小姐很像呢。"

"连"是什么意思啊,光是眼神就完全不一样吧——玛利亚话未出口又咽了回去。

承受着周围学生嫌恶与抵触目光的哈兹娜的身影,与和服人偶重叠起来。

"啊啊抱歉,是我不好。"

玛利亚挠挠头。真是的,心里简直一团乱麻。

"太好了……那么,作为和好的证明,我就把这姑娘放到你枕边啦。"

"我可没说到这份儿上!"

以前和赛琳同住一间宿舍的学生,全都不到两个月就向宿管恳求"给我换个房间吧"。玛利亚又想起这个传闻。

当然，玛利亚也没资格说赛琳的坏话。这是因为玛利亚自己的情况也一样，从转学没多久被擅自冠上绰号的时候起，一直到三个月前，这期间的室友尽数逃跑了。玛利亚和赛琳分到一间宿舍，说好听点，算是"以毒攻毒"的结果。

早知如此，是不是就算哈兹娜不情愿，也应该逼她住进宿舍？

要是她能来当自己的室友，自己一定能过上起码比之前更加安宁的宿舍生活。

想到这里，玛利亚又摇了摇头。这对自己而言自然没什么不好，但在宿舍楼里，近距离接触其他学生的机会比在校园里更多，难以想象哈兹娜将会遭遇什么。哈兹娜在学校里吃的苦头已经够多了。她不愿只为自己获得慰藉，就把挚友送进第二个地狱。至少在高中以外的地方，她希望哈兹娜能度过安稳的时光。

还有个办法是玛利亚离开宿舍，可学校附近房租太贵。老家寄来的生活费不多，就算去打工赚钱也还是租不起。

玛利亚也曾不止一次想过，干脆从哈兹娜那里打听出她住的公寓在哪儿，跑过去住下来。可一想到自己连一半房租都付不起，就没底气开口了……

"又开始想事了？"

耳边再次传来低语，玛利亚发出一声悲鸣。"哎呀，好可爱的声音。"赛琳平直的女高音明显透着愉悦。

"你搞什么啊，我都说过多少次了，不要突然凑到别人耳边说话。"

"自然会想问问看啦。毕竟可爱的室友把我晾在一边，在想别的女人。"

心脏狂跳起来。

你这家伙是会读心术吗？玛利亚刚想这样回答，又闭上嘴。

赛琳此刻的目光与方才迥然不同，透着认真。

"索尔兹伯里小姐，现在再说这个或许晚了，不过为了你自己考虑，还是不要跟阿南小姐走得太近为好……不然迟早有一天，你会尝到痛苦的滋味。"

"这是什么意思？没想到你会说这种话。"

就玛利亚所知，赛琳是对哈兹娜不抱偏见的极少数人之一。

虽说赛琳和哈兹娜选的课重合不多，两人没太多交集，但玛利亚从没见赛琳管哈兹娜叫过"黑炭"，抑或向哈兹娜投去轻蔑的目光。赛琳绝对谈不上与哈兹娜关系亲密，反过来说，也从没参与过对哈兹娜的欺凌。

近似于漠不关心的中立，这就是赛琳对哈兹娜的态度。正因如此，赛琳刚才的发言才让玛利亚无法置之不理。

"我不是这个意思。"似是猜到玛利亚的心思，赛琳摇摇头，"我不是要说阿南小姐的坏话。我考虑的是你，索尔兹伯里小姐。"

"怕我会卷进去？那你现在说这个确实晚了。我从没觉得待在那姑娘身边痛苦，倒是经常有想把周围那帮家伙打趴下的冲动。"

"有谁能保证阿南小姐会永远陪在你身边？"

玛利亚感到喘不上气。

"你再怎么希望如此，周围的状况和环境也未必会如你所愿。你总不可能一天二十四小时保护阿南小姐吧？假如在你鞭长莫及的地方，她受到很深的伤害，你会痛苦不堪却无能为力，内心饱受折磨……这些你心里应该也明白。"

"不用你多管闲事。"

压在心底的不安被毫不留情地挖了出来，玛利亚拼尽全力也只反驳出这么一句。

"话说回来,你从刚才起就心事重重的,想什么呢?阿南小姐爽约了?"

"随你怎么想象。"

玛利亚愤愤道,不愿坦率回答。

如果只是计划取消,她不至于如此消沉。重新约个日子就行了。可是——

哈兹娜没有联系她。

她们约好了,要是发生什么会导致计划改变的事,哈兹娜今天傍晚时分会往宿舍这边打个电话。

她又回想起昨天的情景。挚友微笑着说:"好期待周日啊。"哈兹娜一如平常,没什么异样。放学后,她们就跟往常一样一起走到半路,然后分别,玛利亚回宿舍,哈兹娜回公寓……

那之后,真的发生了"什么"吗,以致哈兹娜连电话都打不了?

是突发急病吗,还是遭歹徒袭击了……种种不祥的想象不断膨胀。

"这么担心的话,给阿南小姐打个电话不就好了?"

"赛琳,不要总是读别人的心。"

"我读的不是心,是你的表情。"

"要是能联系她,我早就联系了。"

玛利亚知道哈兹娜住所的电话号码。她以前给哈兹娜打过一次电话,听筒里却连正在通话中的信号音都没有。哈兹娜低垂眼帘,解释了理由。

——我把电话线拔了。有很多……恶作剧电话。

虽然哈兹娜含糊其辞,但玛利亚察觉到那远非"恶作剧"这种词能形容的程度。逼得哈兹娜把电话线都拔了，看来那类电话来得极为频繁。

就因为不是白人，连电话都没法正常使用。这就是盘踞于这个所谓自由国度至少一个地区的现实。

只有哈兹娜重新接好电话线给玛利亚住的宿舍打电话，抑或用公用电话打过来的时候，玛利亚才能跟哈兹娜通上话。若是生病了，告诉她一声也好啊，这样她就不用想东想西了。

玛利亚明白，最干脆利落的做法是直接去哈兹娜的公寓。刚和哈兹娜亲近起来时，她也曾提出想看看哈兹娜的房间。

挚友的反应出乎她的意料。哈兹娜的表情染上荫翳，回她以平静的、充满歉意的，然而坚决的拒绝之语："我家里太乱了。"她便意识到哈兹娜不受街坊邻里欢迎，也明白了哈兹娜是不想把她卷进不必要的麻烦里。

只有在高中校园里，或者获得外出许可去街上的时候，玛利亚才能跟哈兹娜碰面。就玛利亚所见，校园之外的哈兹娜总是穿着素雅的白色连衣裙。两人走在一起，即使不刻意引人关注，也总会成为路人视线的焦点……

回过神来再一看，赛琳已回到自己的桌子旁，坐在椅子上，手里不停动着。

不是在学习。桌上摆着缝纫工具，她正用剪刀裁剪白色的布。不知是不是收集人偶的兴致越发高涨的缘故，赛琳最近甚至开始自制衣服，用来给人偶换装。

不过她现在正在做的不是衣服，而是一个在圆圆的脑袋下面直接接上裙子的东西，像是再简单不过的小型人偶。

玛利亚看着赛琳用红钢笔把人偶的"头发"涂成红色，又画上两个点和一条横线——似乎是眼睛和嘴巴，然后把缠绕在脖子上的线系到窗帘杆上,将人偶吊了起来。

"这是在干吗,新型诅咒?"

"好像是叫'放晴娘'来着?听说是J国的巫术,把这种形状的人偶挂到窗边,祈祷天晴。"

"还有这种说法啊。"

用上吊人偶祈祷出太阳,还真是恶趣味的习俗。不过比起这个,重点是——

"为什么要把头发涂成红色啊,是在暗喻让我去死吗?"

"咦,你不希望天晴吗?我以为这是你的愿望。"

完全被看穿了。玛利亚对保持着淡定表情的赛琳骂了句"你好烦"。

※

放晴娘的巫术没有奏效。

十九点,外面的天黑下来,雨点打湿食堂的窗户。

"哎呀,可惜,是不是原型的品德不太好呢?"

"明明是你做的欸。"

食堂一角,吃完晚饭后,玛利亚一边咕咚咕咚喝着黑色的碳酸饮料,一边有一搭无一搭地跟赛琳说着话。饮料种类丰富是这个宿舍为数不多的优点之一。在这期间,玛利亚的焦躁也在无止境地膨胀。

宽敞的食堂里没有其他学生的身影。或许因为周六是休息日,有很多人周末会回老家,周六傍晚来食堂吃饭的人向来很少。

少数"留校组"之一兼室友赛琳正坐在桌子对面喝着番茄汁。玛利亚望向窗外。

这时，混杂着噪声的室内广播响彻宿舍楼。

"玛利亚·索尔兹伯里同学，请尽快前来宿管办公室——"

玛利亚没敲门，直接转动把手打开门。麦克风前的白发女人吓了一跳，看向玛利亚。

"哎哟，就你而言算是来得够快的啊。"

六十多岁的白发女人——宿管阿姨关掉麦克风，半是惊讶半是揶揄地说道。玛利亚连招呼都顾不上打，开门见山地问："刚才的呼叫是什么情况？"

"玛利亚，我告诫过你多少次了，要遵守最低限度的礼仪。"

宿管阿姨皱起眉头，随即似是察觉到玛利亚的神情异乎寻常，便停止说教，指指桌子道："有你的电话，是哈兹娜·阿南小姐打来的。"

宿管阿姨话音未落，玛利亚就冲到桌子旁抓起听筒。电话机还保持着通话状态。

"喂？！"

"玛利亚——"

隔着听筒，对面的说话声夹带着杂音，听起来似乎有些疲惫，但毫无疑问是玛利亚所熟悉的哈兹娜的声音。

"你怎么了，怎么也不联系我一下？感冒了吗？啊，不舒服的话就不用勉强回答了。总之关于明天的约定……"

"抱歉……野餐我可能……已经去不了了。"

"没关系的啦，改到下周或者下下周都行，等你身体好起来，我们再重新敲定日程吧。"

对方没有回答。

"哈兹娜？"

依旧没有回答。能听见的只有在杂音之海里浮浮沉沉的，不知是喘息还是呜咽的呼吸声。

——玛利亚感到一阵心悸。

奇怪,好像有点不对劲。

哈兹娜刚才是怎么说的来着?"已经去不了了"?

"你到底怎么了,真的只是不舒服吗?"

"玛利亚,我——"

通话突然中断了。

中断得过于唐突。"哈兹娜……哈兹娜?!"玛利亚慌张地呼喊,耳边却只有通话结束的信号音无情地回响着。

她条件反射地敲下通话键,从室内便服的兜里拿出便笺本,翻到写有哈兹娜电话号码的那一页,转动拨号盘。没空探究通话中断的原因了。刚才的电话是哈兹娜打过来的,电话线应该还连着。她一直盘算着一旦抓住机会就主动拨个电话试试,但万万没想到会在这样的情景下翻开便笺本。

哈兹娜没接电话。

连正在通话中的信号音都没有……电话线被拔掉了。

怎么会这样……

明明刚才还连着呢。是在她转动拨号盘的这会儿工夫拔掉的吗?

还是说,哈兹娜不是用自己房间的电话机,而是用某处的公用电话打过来的?那儿离这边特别远,以至于话费一下子就用光了?怎么可能。哈兹娜不可能在这种时候出远门。

还是说……

"玛利亚,出什么事了,这么大呼小叫的?"宿管阿姨诧异地问。

玛利亚将听筒扔到电话机上,把便笺本塞回兜里,冲出宿管办公室。

"等等，你要去哪儿！"背后传来慌乱的喊声。

"有事要办，外出申请书我之后再补上！"玛利亚头也不回地喊道，从立伞架上抓起伞，打开正门便冲入雨中。

※

四十分钟后，玛利亚伫立于商业街尽头的路边。

她上气不接下气，双腿与心脏都在抗议，浑身大汗淋漓。膝盖以下都让雨给浇透了，鞋子沾满泥泞。赶到宿舍附近的公交车站时正好来了辆车，她便一跃而上，在估计离公寓最近的那站下车后，就一个劲地奔跑。

便笺本上记录着哈兹娜的住址，进入街区下了公交车后，看路牌就能知道道路名称。本来用不了太久就能赶过去的。

然而夜幕与雨水令街上的景象完全变了样。她弄错了该拐弯的路口，像没头苍蝇一样乱转。本以为自己常和哈兹娜散步游玩，渐渐地也还算熟悉这片土地了，此刻才明白终归只是"还算"的程度。

尤其是哈兹娜居住的这一带，她从没来过，其中也有挚友拒绝了自己登门拜访的这个缘故。她对周边街景毫无印象。

在街上打转许久，玛利亚终于来到哈兹娜的住所。夜幕与雨幕笼罩下的五层公寓，与玛利亚朦胧的想象既相似又有些出入。

外墙贴了瓷砖，每层各有一排窗户。一层中央有一扇双开大门，应该是公寓的入口。从路边到门口只需爬五六级的短台阶。这种构造的公寓倒不算罕见。

只是整栋建筑给人的印象颇为寒酸，让人忍不住猜度房龄是不是得有几十年了。

　　有几处瓷砖脱落了，露出里面的混凝土。滴水槽满是裂痕与锈迹。通往门口的台阶也是混凝土的，边缘到处都是缺损，裂纹绵延。最显寒酸的是，亮着灯光的窗户屈指可数。没亮灯的窗户大多只有原装的百叶窗，没有安窗帘。看样子有相当多的房间都空置着。

　　大门旁的门牌上刻有公寓的名字，和便笺本上记录的一样……没弄错，这里就是哈兹娜住的公寓。

　　公寓两边各有一栋杂居楼，都是混凝土结构，墙上布满裂纹与污渍。左边那栋楼更甚，好多扇窗户都是破的，墙上用喷枪涂着下流的文字。显然是栋废楼。玛利亚来时那条路的路边，垃圾袋从小象棺材那么大的垃圾井筒里满溢出来。

　　商业街与贫民窟的暧昧分界线。这就是哈兹娜的住处。

　　这里可不适合名门高中的女生独居……肯定是其他公寓找各种借口拒绝跟她签订租房合同，她才沦落至此的。玛利亚隐约明白了哈兹娜固执地拒绝自己来访的原因。

　　玛利亚下定决心，登上短台阶，打开公寓大门。

　　她穿过大厅，跑上正对大门的楼梯。大厅旁边那个看起来像是管理员办公室的小房间里，一位老年白人女子向她投来怀疑的视线，但她顾不上这些了。

　　她气喘吁吁地爬到哈兹娜的房间所在的四层。走廊有些昏暗，狭长的天花板上只稀稀疏疏安了几盏日光灯。

　　走廊两侧的墙边，各个房间的门一字排开。有楼梯的一侧，也就是靠公寓背面的那一侧有六扇门。与之相对的近街一侧则有七扇门。

　　楼层的布局极其简单：呈直线的走廊共分为十四个区域，两侧各有七个区域，靠公寓背面的那一侧正中间的区域是楼梯，其他区域都分配有房间。

哈兹娜住的四一〇房间就在楼梯旁边，在走廊面冲楼梯时从左往右数第三间房。刚一站到门前，玛利亚便目瞪口呆。

"GET AWAY, ××××WHORE!"

——"滚出去，×××× 妓女！"

铁门上以大而潦草的字写着含有粗鄙四字词的句子。是用黑色喷枪涂上去的。

仔细一看，门上到处都是擦除涂鸦文字的痕迹，能依稀辨认出"B——""FU——""PIG"之类的一串串文字。有人写就擦，再有人写就再擦……同样的事情反反复复。

玛利亚握紧拳头。三天两头找碴的人渣自是令她愤怒不已，而更让她追悔莫及的是，她竟然没心没肺地任哈兹娜在这种地方生活至今。

还说什么"希望哈兹娜能度过安稳的时光"！明明无论在校园内外，哈兹娜都没有一处安稳的栖居之地——

不，现在不是沉浸在悔恨情绪里的时候。玛利亚确认过门边的名牌后，敲了敲门。

"哈兹娜，是我。你没事吧？！"

没有回应。

"喂，哈兹娜，你在家吗？在的话就答应一声！"

玛利亚再次敲门。仍然没有回应。她握住门把手，但转不动，无论推还是拉都打不开门。

"哈兹娜，开门，求你了——"

"吵死了！"从隔壁四〇九房间传出怒吼，"有完没完啊，我正睡着呢！别老是丁零当啷的！"

"你才吵呢！我这边十万火急。敢再说一句我就踢烂你的裆！"

对方不吭声了。玛利亚重新转向房门，又喊了哈兹娜一声。

没有回应……喊了这么多遍，房门里却连一点响动都没有，更别说应答了。

怎么会——

不在家吗？在打完那通电话之后，自己来到这里之前的这段时间里，哈兹娜离开房间出去了吗？还是说……

不祥的预感袭上心头。玛利亚转身折返，又沿着楼梯跑下楼。路过楼梯平台时，看着像是住户的中年女人投来责备的目光，但她已无暇顾及。

她回到一层，跑到门口旁边的管理员办公室。办公室面向大厅的那面墙上有一排玻璃窗，刚才看见的那个老妇人正悠闲地坐在屋里。

"阿姨，开门。"

玛利亚敲敲管理员办公室的窗户。老妇人皱着眉打开窗户。

"什么事啊，小姑娘？"

"拜托了，帮我打开四一〇房间。"

"啊？"

"四一〇房间！我怎么喊，哈兹娜都不回话。你有备用钥匙吧？我想让你跟我过来，帮我把门打开。"

"嗯？你说什么？"

不知是不是耳背，老妇人皱起眉头。

"四一〇房间的住户是我朋友，她不回话！有备用钥匙的话就来帮我开门!"

"你是哪位?要是来强行推销的,就请回吧。"

驴唇不对马嘴。玛利亚心知再说下去也无济于事,便不再跟老妇人纠缠,转身冲出公寓。

雨还在下。她连撑伞都嫌费时间,快步钻进公寓与杂居楼之间的小巷。

只要绕到公寓背面,应该就能看出哈兹娜的房间开没开灯。虽然无法仅凭窗户亮没亮灯判断她是否在家,但总比跟老管理员各说各话白费工夫强多了。

穿过狭窄的小巷来到公寓背面,便是一片宽敞的空地。

脚下是泥土与砂石的感触。勉强能看见四处生长着低矮的杂草。

这里是空置的土地吗?两旁似乎是杂居楼,依稀可见安全梯和安全出口。这两栋楼好像都没住人,安全出口一片漆黑,不见一丝亮光。

空地深处是浓重的黑暗。没有路灯的光芒,也看不到家家户户的灯光。远处的树影随风摇曳。

这里是杂居楼群正中央的空旷空间。不过不完全是闲置土地,紧挨着公寓的地方建有一栋白铁皮平房。

"紧挨着"并不是夸张的修辞手法。在黑暗中,那栋平房怎么看都像是从公寓一层的后墙凸出来的。走近仔细一看,它与公寓的距离还不到两米。大概是没人好好打扫,细长的间隙凌乱堆放着空瓶子和垃圾袋。

屋顶也是白铁皮做成的,雨点打在上面,发出的声音宛若无休止的鼓点。这雨声煽动着不安的情绪,让人感到仿佛被抛入废墟中央。雨水沿着滴水槽滑落,在地面上汇成一大片水洼。

房子纵深三四米。玛利亚沿着墙壁绕到房子正面。房子的宽度大约是公寓宽度的一半。

白铁皮墙壁上有一扇门，还安了几扇窗户。屋里黑咕隆咚的，什么也看不见。这是工作室吗，还是器材存放处？

不，当务之急是确认哈兹娜的安危。玛利亚撑起伞，走到房子十几步开外处，回头仰望公寓。

一扇扇窗户与一个个安着简易栅栏的白色小阳台以整齐的间距排列在外墙上。

四层从右往左数第三间房——四一〇房间的窗户没有亮灯。

窗户紧闭。百叶窗好像也关着。房间里没有透出一丝光线。

亮着灯的房间本就不多，只有五层左右两端的两间房和四层从左往右数第二间房。刚才传出怒吼的四〇九房间的灯灭着，看来那个住户说的"正睡着呢"所言非虚。三层和二层的窗户全都黑黢黢的，一层则压根就没有窗户。

是有很多住户外出游玩了，还是的确有很多房间空置？玛利亚没空琢磨这种无关紧要的事。哈兹娜四十分钟前刚给自己打来电话，现在她的房间却没有开灯，再加上通话中断得太过突然，这些都说明自己的担忧绝非杞人忧天。

挂掉电话、拔掉电话线的，是哈兹娜本人吗？

再往深了想，那通电话是她从自己的房间打过来的吗？

不知道。但必须要确认。

得让老管理员把房门打开。就算没那么顺利，至少也要逼问出哈兹娜现在到底在不在这栋公寓里……玛利亚对能否有所收获不抱太大希望，但唯独没想过就此罢手离开公寓。

她踩着水洼，正要走进来时的小巷——

就在这时,她听见玻璃破碎的声音。

以及几乎在同一时间响起的低沉撞击声。

玛利亚猛地停下脚步。

刚才那是什么?那仿佛身体撞到窗户上一般的异样声音。

她四下张望。或许是眼睛适应了黑暗,公寓、白铁皮房子和空地都看得比刚过来时更加清楚。至少在她的视线所及之处,没有破碎的窗户,也没有倒在地上的人。

也不见有公寓住户探头张望。莫非刚才的声音淹没在敲打着白铁皮的雨声里了,大家没听见?抑或那声音只是她的幻觉?

不对。

有什么动静。是从白铁皮房子那边传来的,只是不知来自屋里还是屋外。

犹豫片刻后,玛利亚下定决心,跑向白铁皮房子。

她沿着墙壁前进,依次走过面朝公寓的那面墙以外的三面墙。窗户都没破,也不见人影。

她趴到其中一扇窗户边,擦去雨水向内窥探。隐约能看见屋里的情形。

好像是个工坊,依稀可见墙边有用来放置器材的架子。

房屋中央很空旷。玛利亚定睛一看,感到心脏冻结了。

有人仰面倒在地上。

那人身下全是玻璃碎片。疑似血液的黑乎乎的液体在地板上渗开……雨水从天花板倾注而下,冲刷着液体。

是天窗。

白铁皮屋顶是倾斜的，朝向公寓的那边更低。屋顶一角的天窗破了个大洞，差不多就在倒地之人的正上方。雨水顺着破碎的玻璃边缘滑落、从破洞中央滴落，打湿地上的人及其周围的地板。

她没有穿衣服。

雨点打在她不着寸缕的肌肤上，打在她纤细的胳膊、微耸的胸脯、平滑的腹部、柔软的双腿上。微睁的双眼任由雨水横流，眨也不眨一下。

虽是在黑暗之中，但那小巧而柔和的五官，玛利亚绝不会看错。那张脸上微微泛着痛苦而悲伤的表情。

"哈兹娜！"

见鬼……这怎么可能……

她是从哪儿掉下来的？楼顶吗？还是说，她其实一直就在这个没开灯的房间里，任凭我怎么敲门呼唤都不回应？

不，现在不是胡思乱想的时候。

玛利亚冲向门口。门打不开。她又推推窗框。窗户也锁着。她收起伞，双手把伞一横，用伞尖猛戳窗框边上月牙锁附近的玻璃。

玻璃上出现裂痕。她又戳了一下。玻璃碎裂，月牙锁附近破了个洞。她放下伞，把手伸进洞里打开锁。窗玻璃划破袖子，把胳膊割破了一点皮。她顾不上渗到袖子上的血，打开窗户。就在这个瞬间——

背后传来响亮的脚步声。

反应慢了一拍。

不光是因为注意力全放在哈兹娜身上了，疲劳与雨水带来的寒意，让玛利亚的反应变得迟钝许多，尽管她自以为影响不大。

背后的某人进入视野之前，她的侧腹便被棍棒似的东西抵住，火辣辣的感觉蔓延至全身。

她瘫软下来，手无力地从窗户上滑落，仰面倒在泥泞的地面上。

连疼痛都没感觉到。只听脚步声逐渐远去，随后她便失去了意识。

※

醒来时，她躺在床上。

眼前是白色的天花板与忽明忽暗的日光灯，周围弥漫着消毒水的气味。与宿舍的床铺不同，枕头很硬，身下是弹簧床垫的感触。

身体无法活动自如。右胳膊疼得厉害，腿和侧腹也隐隐作痛。她感到全身乏力，直犯恶心。皮肤滚烫，浑身发冷。好像发烧了。

她坐起身。这么简单的动作，就消耗了她许多体力。低头一看，身上穿的不是便服，而是像睡衣一样的淡蓝色薄衣服。她身上盖着白色的被子，右胳膊缠着绷带。

这里是医院？

我究竟……

侧腹闪过刺痛的瞬间，玛利亚记忆的匣子打开了。

哈兹娜给她打来电话，她赶到公寓，在门外怎么喊都没有回应,之后发现哈兹娜倒在公寓背面的白铁皮平房里……她打破窗户,正想去救哈兹娜时,有人从背后袭击了她。

"哈兹娜?!"

对,不能再悠闲地躺在这儿了。得尽快赶到哈兹娜身边。

她掀开被子,上半身摇摇晃晃地光脚下床。脚刚着地,忽然响起开门声。

"玛利亚小姐?!"来人慌张地喊道,"不行,不可以乱来。"

是一位穿着制服的年轻女警官。女警官按住想要站起身的玛利亚的双肩,把她推回床上。"放开我!"玛利亚试图反抗,但用不上劲。女警官转眼便将她按倒,重新给她盖好被子。

"乖乖躺着,听话。"

女警官叮嘱一般瞥了玛利亚一眼,目光里还含着些同情。她没关门就出去了,身影消失在外面的走廊。

警察为什么会来这种地方?

已经看不到女警官的身影,但能听见走廊传来的谈话声。似乎就在近处。看来很难避开他们逃跑。

玛利亚看向病房的窗户。窗外一片黑暗,雨滴顺着窗玻璃滑落。从窗外传来救护车的鸣笛声,声源在相当靠下的位置……不知道这间病房在几层,看样子离地面很远。照现在的身体状态,从窗户逃出去也只会坠落。

坠落——

哈兹娜倒在地上的身影再度浮现在脑海。挂钟指针已走过二十三点半。她有没有事?是谁袭击了自己?自己失去意识后都发生了什么……疑问与焦躁越积越多。

这时,从走廊传来脚步声,一个中年男人带着刚才的女警官走了进来。

"偏偏是你吗……玛利亚。"

男人叹口气,坐到床边的椅子上。他身材魁梧,衬衫外面套着浆过的西服,浅茶色短发打理得整整齐齐。若是在年轻的时候,那蓝色的眼睛与棱角分明的脸庞想必能吸引许多异性的目光。

然而现在男人的面孔已十分苍老。他双眼挂着黑眼圈,表情里透着深深的疲惫。

"弗雷德——"

"不是说过要叫我伯父吗。"

G州A市警察本部的弗雷德里克·索尔兹伯里警长说道,声音和表情一样透着疲惫。

※

出生、成长于一个再平凡不过的家庭的玛利亚,在高二那年把老师送进了医院。把她塞进G州名校的主谋之一,就是弗雷德里克伯父。

玛利亚不记得自己干过什么坏事,但传言总是会夸大其词,越传越离谱。也不知道那些人是怎么添油加醋的,住在遥远G州的父系亲戚把玛利亚当成了难以管教的烈马。为了让玛利亚"在最佳的环境里接受再教育",他们把她从老家赶走,塞进伯父眼皮底下的名校里。

他们都没征求玛利亚的意见,就这么把事情决定下来。玛利亚也曾激烈反抗,可是颇为文雅大方的父母用抽到海外旅行大奖一样的语气说着"趁十几岁的时候去别的地方长长见识也不错呀""就是,像你这样的孩子能去上名校,这种机会估计没有第二次了",爽快答应了远方亲戚的提议。

自那以后,弗雷德里克就扮演起玛利亚的监护者这一角色。每次侄女惹了麻烦——玛利亚则认为自己是"被卷进去"的——他都会作为亲属代表训斥她,有时则是以警官的身份教育她。这就是伯父和玛利亚之间的关系。

不承想——

※

"弟弟他们这次也担心坏了。你多少体谅体谅我,让我省省心吧。"

"等等,你联系我爸妈了?干吗自作主张!"

"肯定得联系啊。"弗雷德里克顿了顿,低头看看地板,而后重新看向玛利亚,"毕竟他们的女儿可能卷进杀人案里了。"

——杀人案?!

"等等……那,哈兹娜她……"

玛利亚声音发颤。伯父无情地摇了摇头。

"死因是头部受到强烈撞击造成的脑出血……我们在她住的公寓背面发现你们时,已经错过抢救时机。目前警方认定此案为他杀,正在进行调查。"

死因——错过抢救时机——

哈兹娜……哈兹娜,死了?!

"让我去见她。"玛利亚起身逼近弗雷德里克,"让我去见哈兹娜,现在马上!"

"不行。不能这么随随便便就放案件的重要关系人自由行动。至少在你住院的这段时间里,我会派人监视你。我们还会对你进行询问。"

他的声音好似硬挤出来的。旁边的女警官表情紧绷。

与在高中校园里听他说教的时候相比,此刻的气氛明显不同。压抑的沉默里充斥着苦涩与紧张。

该不会……

"你们该不会是在怀疑我吧?!说什么傻话,我干吗要杀哈兹娜?"

"嫌疑还不成立。我也根本不相信你会干出杀人这种事。但是,和你有关系的两个人都死了,所以也不能草率地将你无罪释放。老实说,以目前的情况来看,我像这样跟你对话这件事本身都难保不会受人指摘。"

两个人?!

什么情况?她只看见了哈兹娜,哪儿都没有另一具尸体。应该是没有的。

"我们接到报警,发现你们三个人,是在一个半小时之前,二十二点左右。"女警官接过弗雷德里克的话说道,"你受伤昏倒了,所幸没有生命危险。不过……另外两个人——哈兹娜·阿南,以及杰克·泰均已处于心肺功能停止状态。两人都是在公寓背面的废弃房屋里……玛利亚小姐,你怎么了?玛利亚小姐?!"

4

那之后的一两天,犹如被巨浪挟着一般过去了。

不知是听到始料未及的事实受到了打击,还是疲劳达到了极限,在与弗雷德里克和女警官会面的过程中,玛利亚忽然感到强烈的眩晕与恶寒，倒在床上。

后来听说，她就那样失去意识，昏睡了超过半天，有一阵还发高烧到快三十九摄氏度。醒来时已是次日，周日将近傍晚的时候。

烧已经退了，但她依旧全身乏力，也没有食欲。毕竟心里骤然裂开的无形大洞，不是仅仅半日就能填补上的。

哈兹娜……死了。

在牢狱一般的高中里，待她亲切无比，处处照顾她的独一无二的挚友，死了。

她多希望这是谎言。肯定有哪里搞错了，这种事不可能发生。然而，那个夜晚她所目睹的哈兹娜的身影深深烙印在记忆里，鲜明得难以解释为梦境或错觉。白铁皮房子里，她的挚友倒在血泊里，眼睛失去神采，眨都不眨一下，任由雨水打在脸上。

再加上警方不顾她的身体与精神状态对她进行询问，更是不容分辩地将哈兹娜死亡的事实摆到了她眼前。

她反而对杰克·泰的死极度缺乏真实感。

他们的关系还没近到会让她为他的死感到悲伤，这也是原因之一，但主要还是因为那天晚上她没有看到杰克。就连杰克为什么会死在哈兹娜的公寓附近，她都毫无头绪。

玛利亚咬着牙，将周六晚上的事如实告知了来病房询问的那些搜查官。担心"受人指摘"的伯父没有露面。

她在宿舍接到哈兹娜打来的电话，察觉对方情况不对，忧心忡忡地赶到公寓，但房门锁着，怎么喊都没有回应。她绕到公寓背面去看窗户，发现哈兹娜的房间没有亮灯。随后她听到天窗破碎的声音，向白铁皮房子里张望，发现哈兹娜倒在地上。她想要救哈兹娜，刚打破窗户，就有人从背后用棍棒似的东西抵在她的侧腹,她在感到剧痛的同时丧失了意识……恢复意识时发现自己躺在床上。她将这些都和盘托出。

搜查官每隔一段时间就过来一次,纠缠不休地反复询问。被问到"你没能确认哈兹娜·阿南当时是否已经死亡"时,她差点崩溃。

在精神酷刑一般的询问过程中,玛利亚得知了与此案相关的大大小小各种情报。尤其是关于杰克·泰的那件事,让她简直怀疑自己的耳朵。

"杰克是哈兹娜的恋人?!"

"可能性极高。你之前不知道吗?"负责询问的年轻搜查官对玛利亚的反应有些讶异,"那栋公寓的管理员,你还记得吧,就是一层管理员办公室的那个老太太,她说从几个月前起就多次目击杰克·泰出入公寓。案发当天,在你到公寓的大约两个小时前,也就是十七点四十五分左右,她还看见杰克拎着像是装着伴手礼的百货商店大纸袋进了公寓。"

据搜查官说,在哈兹娜住的四一〇房间也检测到了杰克的指纹。他的指纹遍布房门、墙壁、窗户、桌子、餐具……以及床上。

决定性证据是在杰克的裤兜里发现的四一〇房间的钥匙。目击证词和物证都有力地证明,杰克曾频繁出入哈兹娜的房间。

"哈兹娜从没跟我提起过这些……"

"她在学校里受到的是怎样的对待,我们已经从赛琳·托斯提万小姐等人那里打听到了。我们还听说你身为哈兹娜·阿南的好友,跟杰克·泰追随的文森特·奈瑟尔水火不容。如果两人的确是恋爱关系,那她就是在跟你的敌人恋爱。也许她是因此才对你难以启齿。"

哈兹娜始终充满歉意但又固执地拒绝玛利亚去她家，原来不光是因为不想让玛利亚看见她家的凄惨情形，也是害怕玛利亚跟杰克碰上。

几天前的记忆复苏了。杰克在校舍正门凝视着她们，哈兹娜低呼出声；杰克在与她们擦肩而过时投来视线，哈兹娜呼吸紊乱……原来那些并非施虐欲与恐惧的表现，而是恋人之间的暗中互动。

玛利亚也得知了杰克的死状。

白铁皮房子里，他和哈兹娜并排倒在地上，尸体下面全是玻璃碎片。死因与哈兹娜一样，是头部受到强烈撞击造成的脑出血。

两人的推测死亡时间是发现尸体的一个小时到三个小时之前——周六十九点到二十一点之间。

玛利亚接到哈兹娜的电话是在十九点左右，而目击哈兹娜砸破天窗倒在白铁皮房子里，则是在十九点四十多。时间对得上——仅限哈兹娜这边。

"我发现哈兹娜的时候，根本没看见杰克的人影。"

"问题就出在这儿。"搜查官压低声音，"你在案发当天的行动，通过学校宿管阿姨、赛琳·托斯提万小姐、公寓管理员、四〇九房间的住户等人的证词，以及电话机的通话记录，基本得到了证实。可这些都是你与管理员发生争执、冲出公寓之前的事。在那之后——你绕到公寓背面之后发生的事，坦白地讲，只有你的一面之词。除此以外，也就只有你身上的伤，还有你身旁滚落的伞和家畜引导棍算得上线索了，但仅凭这些还不能完全证实你的证词。"

家畜引导棍就如其字面意思，是对家畜施加刺激以进行引导的棍状工具。搜查官说,在案发现场发现的家畜引导棍是电子式的,一端安着电极,用电极抵住对方即可令其触电。它用的是内置电池,大小跟拐杖差不多,方便随身携带。

那天晚上令她失去意识的,原来是家畜引导棍的电击。得亏没被电死——等等。

"你想说这都是我自导自演的吗?!别开玩笑了,我图什么啊?"

"很遗憾,目前还没有足够的证据能彻底消除你自导自演的嫌疑。"搜查官无情地宣告,"从位置来看,侧腹的伤完全有可能是你自己弄上去的。而且关于两人的死,有好几个不可思议的疑点。哈兹娜·阿南的手臂和身上的皮肤有遭捆绑的痕迹和细长的擦伤。她死前可能遭受过折磨。"

折磨?!

"另外,我们A市警署的法医表示,那两人如果是从四层掉下来的,头部损伤不会那么轻。常言道'即使从只有一米高的地方摔落,撞到要害也是会死人的',所以也不能全盘否定他们从白铁皮房子的屋顶上失足摔落这个可能性,但他们更有可能是被人用平坦的钝器打死的。"

哈兹娜是先遭到杀害,再被推下去的吗?

"况且,那栋白铁皮房子原本是建筑器材的加工场,之所以建在紧挨公寓背面的地方,是为了留出足够的空地,便于器材的存储与运输车辆的出入。他们想得太简单,觉得反正公寓一层没有房间,建得近一点也没关系。"

"那又怎么了?"

"没有证人啊。拜这个建筑器材存放处兼加工场的噪声所赐,公寓背面那一侧,尤其是二层和三层的住户接连搬家,从几年前起，这些房间就几乎一直处于空置状态。就算降低房租，租客也全都刚入住没多久就又搬走了。听说就在两个月前，还有人住进了二层房租最便宜的房间，但不到半个月就解约了。管理员老太太跟我发了半天牢骚……哎呀，跑题了。"

玛利亚就是再迟钝，此刻也明白搜查官想要表达的意思了。

天窗破碎的声音、玛利亚发现哈兹娜时的叫喊声，还有她打破窗玻璃的声音，事实上都没有任何人听见。

即便有人听见，也不会听得那么清楚，无法印证玛利亚的证词。而且也没有目击者。

她绕到公寓背面时，二层和三层的窗户全都没有亮灯。她还奇怪住户是不是很少来着，没想到真的无人居住。

而在有人居住的四层和五层，基本听不到地面上的声响。雨下个不停，也没有好事者会特意打开窗户察看外面的状况。公寓两旁倒是还有杂居楼，但情况肯定也差不多。

"一个月之前，持有公寓背面地皮的建筑公司转让了那块地，那里已经不再作为器材存放处使用了。那栋白铁皮房子也闲置下来。不过听说旧地皮上会再建新的杂居楼，估计是因为怕噪声，公寓新住户的数量依旧约等于零。"

那栋公寓本身也有年头了，随时都有可能被拆除，很少有人愿意住进这种地方。

"说回正题。关于案发经过，以目前获得的证据为基础，可以建立起这样一种假设：某一天，你发现了哈兹娜·阿南和杰克·泰的关系。得知好友与敌人勾连，你觉得遭到了背叛，决定杀害两人。周六晚上，你设法让哈兹娜·阿南给你打来电话，随后前往她的公寓。当时杰克·泰也在她的房间里，你用花言巧语将两人引到窗边，趁其不备把他们推了下去。接着，你在四一〇房间门外和管理员办公室各演了一出戏。离开公寓后,你看准时机报警,然后躺到白铁皮房子外面,假装自己也遇袭了。"

"开什么玩笑!"玛利亚感到气血上涌,"这都什么跟什么啊,三流推理小说的情节吗?我干吗要费那么大劲演这种拙劣的戏码啊?"

再说了,她上哪儿找家畜引导棍去?难道是想说她提前藏在身上了?

"冷静点。"搜查官安抚道,"都说了只是'一种假设'。我们也明白这种假设的细节有牵强之处。我们想说的是,像这样歪曲事实的人也并非不存在。而如果你的证词全部属实——你绕到公寓背面时,哈兹娜·阿南砸破天窗坠落到白铁皮房子里,紧接着就有人袭击了你……那么就是杰克·泰在你们被人发现之前的这段时间里,跟在哈兹娜之后跳到了白铁皮房子里。但这种假设也不合理,主要是每个人的行动都莫名其妙。"

玛利亚哑口无言。

的确很奇怪。哈兹娜坠落的时候,袭击玛利亚的人应该已经埋伏在公寓背面某处了。假如哈兹娜死于他杀,那么推落哈兹娜的就不可能是那个袭击者。是结伙作案吗……可他们为什么要如此大费周章,特意挑玛利亚绕到公寓背面的时候推落哈兹娜,再击昏玛利亚?

退一万步说,如果哈兹娜是自杀抑或不慎坠落的,那袭击玛利亚的人就是碰巧潜伏在那里的。

而且——

"你们凭什么断定杰克是在哈兹娜之后跳下去的?哈兹娜可是倒在天窗正下方,往那儿跳的话不就掉到她身上了吗?"

"差不多在正下方,但不是正对着天窗。哈兹娜·阿南倒地的位置更靠近公寓，杰克·泰则更靠近空地。另外，虽然'在哈兹娜之后'只是根据法医的见解做出的推测，但'跳下去'这个说法是有一定根据的。我刚才提到，他在你过去的两小时前去了公寓，你还记得吧？但没人目击到他离开公寓。

"那栋公寓没有安全梯。要想出去，只有两种方法：要么走楼梯下到一层，经过管理员办公室从正门出去，要么直接从窗户跳出去。而那个老管理员明确否认了前者。她说'压根没看见他走出去'。"

"她的话能信吗？那个老太太耳背得厉害。"

"虽然听力衰弱，但她的视力可没问题，至少上下楼的人还是能认清楚的。她以笔谈的形式回答问题时，思路也很清晰。她完全有在法庭做证的能力。公寓楼顶上着锁，无法出入。而四一〇房间的窗户虽然关着，但没上锁。白铁皮房子破碎的天窗，差不多就在四一〇房间的正下方……虽然这种假设仍有不合常理之处，但也只能认为杰克·泰是从窗户出去的。"

※

玛利亚出院是在周二，那个噩梦般的周六的三天之后。

医生说，她胳膊和侧腹的伤不是很深，过段时间就会愈合，不会留下疤痕。

玛利亚的父母没有来探望她。并非他们对她不管不顾，听说是弗雷德里克伯父跟他们说"案件告一段落前，尽量别接触她比较好"，阻止了他们。真够瞎操心的。不过也好，以她现在的精神状态，面对父母时会说出什么话来，她自己心里都没谱。

她也还没跟哈兹娜的父母见面。

他们应该来到 G 州了，警察也阻止了他们与她会面吗？他们没有到病房来，玛利亚也没能打听到他们的住处。

回到宿舍的时候，下午的课马上要开始了。平日里絮絮叨叨的宿管阿姨，这次也只是一脸沉痛地喃喃道："哈兹娜同学的事……真的很遗憾。"

玛利亚后来才听说，宿管阿姨听闻此案后，赶去医院想要看望她，却被以"谢绝会面"为由拦下，吃了闭门羹。

她回到房间，发现窗边的放晴娘已经收拾掉了。都这个点儿了，她也提不起劲去上课，便一头栽到床上。

她心不在焉地望着窗外。天色尚明。萦绕在脑海里的，是永不复返的片刻安宁时光。

——该起床啦。已经是午休时间了哟。
——我做了三明治，一起吃吧。

哈兹娜……
我该怎么办才好？
没有了你，这所高中跟垃圾场没什么两样。我以后该靠什么支撑自己在这里生活下去啊？
接到你最后那通电话的晚上，我要是能再快些赶到……要是再多注意一下周围的动静，也许就能救下你了。

在懊悔与寂寥之中，玛利亚合上双眼。

再睁开眼时，窗外已暮色低垂。
不小心睡过去了。像是算准了她什么时候睡醒一样，就在她慢吞吞起身的时候，从墙边传来说话声。

"索尔兹伯里小姐，你太缺乏防范意识了。午睡时至少把门锁上吧。"

"赛琳。"

室友坐在椅子上，如人偶一般面无表情。玛利亚正想回话时，忽然想起对方以前说过的话。

——有谁能保证阿南小姐会永远陪在你身边？

——假如在你鞭长莫及的地方，她受到很深的伤害，你会痛苦不堪却无能为力，内心饱受折磨。

玛利亚猛地跳下床，揪住赛琳的衣领。

"是你干的吗？！发生了什么你全都知道，所以才说出那种话！是你——"

"冷静点。"对方简短而平静地说道，"从那天晚上一直到周一早上，我根本没出过宿舍，宿管阿姨和其他学生都可以做证。而且，我既不是预言家，也不是咒术师。我没有想到阿南小姐会以那样的形式遭遇不幸，更没有盼望这种事发生，乃至诅咒她……这些你心里也明白吧？"

玛利亚手上松了劲。赛琳伸出双手轻轻握住玛利亚的右手。

"好好想想你现在该做的事是什么。阿南小姐的事，我只知道个大概。能最为详细地讲述那晚事情经过的，索尔兹伯里小姐，就只有你了……不用我再往下说了吧？"

玛利亚感觉像挨了一记耳光。

现在该做的事是什么——

这还用说吗？

揭露那天晚上的真相。除此以外还能有什么？

哈兹娜为什么会遭遇这种事？噩梦般的周六夜晚，她都经历了什么？一切都还在黑暗之中。

如果哈兹娜的死是某个人强迫的。

那她就要把那个人拽到光天化日之下，令其受到应有的惩罚。否则哈兹娜会死不瞑目，而她也无法原谅自己。

"看样子红发恶魔回归了。"赛琳嘴角泛起一丝浅笑，"那就马上开始吧。能跟我讲讲那天晚上的事吗？名侦探的助手，我自认为还是能胜任的。"

玛利亚把自己迄今为止的所见所闻向赛琳讲述了一遍。

把案情透露给外人是否合适——玛利亚转瞬便将这种顾虑抛到了九霄云外。毕竟赛琳也是此案的证人之一，况且她直直地盯着玛利亚，眼神仿佛在说"不说我就不放你走"。玛利亚自己也想通过向别人讲述来梳理一下案件经过。

玛利亚讲完后，赛琳立刻问道："索尔兹伯里小姐，我首先想确认一件事。你不是凶手吧？"

"你最先问的居然是这个？！"

"这可是很重要的事。要是前提出错，后面的推论就会一塌糊涂。当然，我相信我可爱的室友是不会做出这种事的。"

玛利亚感动得快哭出来了。

"我没有杀任何人。哈兹娜和杰克都不是我杀的。就连他们两个在交往的事，我都是在案发之后才听说的。"

赛琳点点头，竖起右手食指。

"那么我们就遇到了第一个关键点：你的证词与现场实际情况之间的矛盾。具体来讲，就是——"

"杰克·泰，对吧。我失去意识之前的那段时间里，他在哪儿；我昏迷之后，他是在什么时候怎么死去的……"

最简单的猜想是，杰克和哈兹娜一起待在四一〇房间里，待玛利亚离开后，先是哈兹娜从窗户一跃而下，随后杰克跟着跳了下去。

但这种猜想解释不了用家畜引导棍击昏玛利亚的人的身份。随身携带能使人触电的危险凶器的人，当时碰巧在公寓背面转悠，这世上哪儿会有这么巧的事？为保险起见，她曾向搜查官打听过，对方表示没人报警说那附近有歹徒出没。

"查出家畜引导棍的来源了吗？"

"据说街上没有卖这种东西的店。也没采集到指纹，不知道是让雨水给冲掉的，还是被人擦掉的。对了，杰克的老家好像是从事养殖业的，没准是他回乡时从老家的库房里搜罗来的……赛琳？"

室友罕见地愣住了。听玛利亚喊自己，赛琳摇摇头道："没什么，我只是在惊讶你对案情的掌握竟然细致到这种程度。你说不定适合当警察呢。"

"我？当警察？开什么国际玩笑。这些几乎全是听搜查官转述的。"

"可我感觉这远远超出听人转述的程度了。再怎么说，你也是案件的重大嫌疑人，警察会把这么详细的情报透露给你吗？"

"肯定是那个搜查官嘴太松了。"

玛利亚嘴上这样搪塞，心里则意识到这不是单纯用"嘴松"就能解释的。

搜查官向她透露线索，恐怕是身为警长的伯父的主意。她听说警察之间有个不成文的规定：不得参与调查涉及自己亲属的案件。也许伯父是因为没法亲自参与调查，才授意搜查官尽可能多透露些线索给侄女。

"接着说正事。我觉得哈兹娜坠亡、我遇袭这两件事相继发生，并不是单纯的巧合。凶手是想让我看到哈兹娜的尸体。达到目的后，他就把我击昏了……虽然我不知道他为什么要这样做。"

哈兹娜那通电话的挂断方式相当不自然，这一定是因为凶手算准了只要这样做，玛利亚就会在不安的驱使下赶到哈兹娜身边。

凶手让哈兹娜打来电话，在她旁边听着两人的对话，中途切断了通话。

赛琳一言不发。玛利亚正忐忑地想着自己的看法是不是太外行了，室友就像是看穿了她的心思似的，摇摇头说"不是的"。

"我认为你的大体思路没错。只是，有件事我有点想不通。阿南小姐是从哪里、怎么坠落的呢？"

"从哪里？"

当然是四一〇房间的窗户啊——玛利亚正想这样回答时，注意到一个巨大的矛盾。

不对……这很奇怪。

从她确认完公寓的窗户，到听见白铁皮房子的天窗破碎的声音，只过了不到十秒。她返回小巷时，公寓的窗户还在她的视野一角。如果哈兹娜是在这期间打开窗户跳下楼的，按说她多少能察觉到一点动静才对。

可她没注意到任何动静……从室内拉起百叶窗、打开窗户、跨过阳台、跳下楼去，要完成这一连串动作，身手再敏捷也得花上三四秒。周围再怎么昏暗，她也不可能一丁点动静都察觉不到。

对了，搜查官也说过，如果是从四层掉下来的，头部损伤不会那么轻。

哈兹娜真的是从四一○房间坠落的吗？

"听说阿南小姐被发现时，身上什么都没穿。"赛琳少见地吞吞吐吐起来，"她会不会是冒着雨……提前从窗户来到阳台上，蹲下身藏在了那里？"

"阳台是栅栏式的。那时我格外仔细地观察过四一○房间的窗户，要是哈兹娜躲在阳台上，我绝对会注意到的。"

"这么说来……我这个有点残忍的想象也不太靠谱啊，我本来还在想，凶手会不会是先弄晕阿南小姐，让她靠在阳台上，然后从下面用绳子之类的东西把她拽了下来……"

这根本不现实。要想做到这一点，必须把哈兹娜的身体摆成从阳台栅栏探出的姿势才行。那玛利亚就更不可能注意不到了。

"不是四一○房间的话，那难道是从楼顶……可是楼顶上着锁吧？"

"楼顶和各个房间的备用钥匙都保存在管理员办公室里。那个管理员老太太当时一直待在里面，她说以前也没丢过钥匙。"

公寓住户中的某人参与了作案，这个人趁管理员不备拿走备用钥匙，复制一把之后又放了回来，这种可能性也并非不存在……但与其费这个事、冒这个风险，从旁边的废楼推人更容易，还可以将嫌疑人范围扩大到公寓之外。

排除四一○房间和楼顶后，即使先不考虑头部损伤的轻重，剩下的可能性也极为有限。哈兹娜要么是从五层，要么是从净是空房间的三层或二层坠落的。若用上绳索，从四一○房间移动到其他楼层的阳台也不是不可能。

但仔细考虑一下，哈兹娜就算骗过玛利亚的眼睛成功藏身于阳台，要往下跳时还是得从阳台探出身来。刚才的疑问依然没有解决。

　　说到底，如果哈兹娜跳楼和凶手袭击玛利亚这两件事相继发生不是巧合，那哈兹娜岂不就是唯唯诺诺地遵从凶手的命令，一丝不挂地移动到其他楼层的阳台上再跳下去的？太荒唐了，什么催眠术这么厉害？

　　哈兹娜不是主动跳下去的。

　　只能这么想：凶手先把她弄晕，也没准是直接杀害了她，然后用某种方法把她抛到了白铁皮房子里。

　　凶手是怎么让哈兹娜坠落的？倘若不是用绳子拽下来的，那他是怎么——

　　"索尔兹伯里小姐，有件事我想确认一下。"赛琳打破沉默，"是关于建在公寓背后的那栋白铁皮房子的。你绕到公寓背面时，有没有特别留意过那栋房子的屋顶？比如说，要是有人悄悄趴在屋顶上，你能发觉吗？"

　　这个问题出乎玛利亚的意料。

　　"什么意思？"

　　"我对'阿南小姐砸破天窗坠落到白铁皮房子里'这个前提是否正确持怀疑态度。假如阿南小姐事先就被放到房子里天窗的正下方，趴在屋顶上的凶手观察着你的行动见机行事，只把天窗砸破了；假如阿南小姐不是摔死的，而是如警方提及的那种可能性，是被人事先用平坦的钝器打死的——那不就跟你的所见所闻正好对上了吗？"

　　玛利亚无言以对。

　　的确，赛琳的推论与那晚发生的事基本相符，也能够解释玛利亚为何没看到哈兹娜的坠落场景。按这个推论，凶手是趁玛利亚目睹哈兹娜的身影而陷入震惊之时跳到地上，用家畜引导棍击昏了她。

她当时听到的脚步声也解释得通了，那是凶手从屋顶跳下来着地的声音。而她在目睹哈兹娜之前察觉到的动静，其实来自藏在屋顶的凶手。

只是——

"赛琳，这不可能。"玛利亚摇头道，"如果你的推论是正确的，那天窗的玻璃应该只落到哈兹娜身体上面才对。可实际情况不是这样。哈兹娜身体底下也有玻璃碎片。哈兹娜的身体从上方撞上天窗，然后落到洒着玻璃碎片的地板上。这样的顺序才说得通。"

而且，哈兹娜的身体当时刚开始流血。假如凶手事先就把她放到了白铁皮房子里，按理说要么不会有血流出来，要么一开始就已形成血泊。

赛琳睁大双眼，接着自嘲一般摇摇头。

"不行啊。看来我果然不是当名侦探的材料。"

"倒也不能这么说。正如你指出的……我当时没有留意屋顶。我死死盯着仔细观察的，只有四一〇房间的窗户。其他楼层，尤其是二层和三层，我只是大致看了一下确认没有窗户亮着灯。至于白铁皮房子，我只粗略察看了一遍墙上的窗户，屋顶相当于没看。"

再说，白铁皮房子的屋顶是朝公寓那边向下倾斜的。站在房子正面，也就是远离公寓的那面墙前面，就看不见屋顶上面了。就算有人像狙击手一样趴着藏在那里，也很难注意到。

要说唯一能注意到屋顶的机会，就是绕到房子侧面的时候。但那栋房子尽管是平房，高度也超过了玛利亚的身高。不隔着相当远的距离，根本看不出屋顶有没有人影。就算凶手挥起胳膊，或许她也看不见。

赛琳双手抱胸。

"凶手把家畜引导棍揣在怀里，在屋顶上埋伏着……可这么说来，阿南小姐就是掠过凶手藏身处附近从天窗掉进房子的。这场景该说是有些亵渎死者吗……或者说太超现实了。"

说得没错。光是想想这副光景，都觉得是对哈兹娜的亵渎——

玛利亚忽然感到一阵战栗。

该不会……

她摇摇头。然而，这种想象既已冒出，便在脑海里挥之不去。

"索尔兹伯里小姐？"赛琳探过头来。

"啊，没什么，我没事。"玛利亚慌忙答道。

室友原本用怀疑的目光看向这边，听了这话又恢复漠然的神色，说了句"那就好"。

"得再缩小一下范围……索尔兹伯里小姐，你知道案发前阿南小姐人在哪儿吗？她是不是在案发前去了某个地方就没再回来？"

"并没有。哈兹娜最后一次被人目击是在周五，案发前一天。那个管理员老太太在一层看见她走上了公寓的楼梯。"

听搜查官说，三个小时之后，周五晚上二十点，杰克到过公寓。

据说杰克在公寓待了大约一个小时后离开了……其间两人都做了什么，玛利亚连想都不愿想。

"阿南小姐和杰克·泰的事，从周一开始就在学校里传开了。他俩是怎么好上的，关系到哪一步了……大家都非常意外。"

从双重意义上来讲，这段话都是玛利亚不想听见的。

"总之，"她说回原来的话题，"根据警方的说法，哈兹娜在案发前最后一次被人目击是在周五傍晚。从那之后，一直到第二天晚上她在白铁皮房子里被发现，这期间没有人看见过她。别说管理员了，连公寓的住户都没人看见过。直到周六晚上我接到电话时，哈兹娜都待在公寓里没出来过。"

"真的吗？她会不会是悄悄从窗户溜出公寓，从别的地方打来的电话？"

"你疑心也太重了……我本来也想过会不会是用远处的公用电话打来的。但不是的。哈兹娜的电话毫无疑问是从那栋公寓的四一〇房间打来的。搜查官说他们查过电话交换机的记录了，我认为这一点无须怀疑。"

玛利亚自己都惊呆了。正如赛琳所说，真亏她能取得如此详细的信息。

听了玛利亚的解释，室友沉默了。

"人偶"这个绰号确实贴切，赛琳脸上的表情消失无踪——但双眼却闪烁着强烈的光芒。

"赛琳？"

"奇怪……太奇怪了。如果阿南小姐往宿舍打电话时还在四一〇房间，并且她不是从四一〇房间的窗户跳下去的……那她的行动就更让人费解了。"

玛利亚明白了赛琳的疑问。

凶手把哈兹娜搬到了哪里，又是如何搬运她的？

是用绳子从窗户放到楼下的吗？可是这得花多长时间？

玛利亚从接到电话到赶到公寓，只花了四十分钟左右。在这期间，凶手将哈兹娜打昏，把她绑起来搬到阳台，再放到楼下某处或是白铁皮房子的屋顶，随后自己也下楼，把哈兹娜藏到合适的地方，最后回到四层处理掉绳子……这可是重体力活儿，粗略估计一下，得花上三四十分钟。时间上一点富余也没有。再怎么往少了算，那也不是几分钟就能干完的事。

而且，玛利亚赶去公寓花的那四十分钟里，还包括迷路耽误的时间。她本来能更早赶到的。

还是说，凶手没当回事，觉得不可能那么巧，玛利亚刚到公交车站就来车……可即使错过一辆，十五到三十分钟后下一辆车就会来，不迷路的话，四十五分钟到一个小时后她就能赶到公寓。凶手那边稍微出点岔子，全盘计划都要泡汤。

又或者凶手忘了她可以坐公交？明明她还可以打出租车的。这也太疏忽了。

如果不是从窗户搬出去的，那是从楼梯吗？

公寓二层和三层靠背面那一侧全都是空房间。偷偷复制备用钥匙，或是直接撬门，打开其中一个空房间，再扛着哈兹娜从四层下楼梯把她搬进去，这比用绳子把哈兹娜从窗户放到楼下容易多了。不用处理绳子，也不是很费时间。

只是被人目击的风险要高得多。

虽说四一〇房间就在楼梯旁边，但四层毕竟有住户。刚扛着哈兹娜走出房间，就在走廊撞见其他住户，也并非不可能。二层和三层也只是靠公寓背面的那一侧全是空房间，近街的那一侧并非没有住户。

加之那栋公寓没有电梯，住户来来往往总要经过楼梯，半途碰上住户的风险极大。那天晚上玛利亚沿着楼梯跑下楼时，就有个中年女人向她投去责备的目光。

而实际情况是，周五傍晚以后就再也没有人目击过哈兹娜。

也许凶手碰巧走运，成功把哈兹娜搬了出去，但这样赌运气绝不是稳妥的做法。倒是可以把哈兹娜塞进行李箱之类的东西中，可还是会很显眼。这种搬运方式同样漏洞百出……

"看样子一时半会儿得不出结论。"

赛琳摇摇头。她依旧面无表情，眼里却透着遗憾之色。"先不管阿南小姐的行动，回到最开始的疑问吧——杰克·泰与此案有着怎样的关系。既然他老家是从事养殖业的，有机会弄到家畜引导棍，那么姑且也可以考虑是他杀害阿南小姐并袭击了你的可能性。"

杰克自己也死了。玛利亚从伯父那里打听到，警方正朝自杀和他杀这两种方向进行调查。如果是自杀，那他特意利用哈兹娜把玛利亚叫出去，还用家畜引导棍打昏玛利亚的理由就让人想不通了。想逼哈兹娜跟自己殉情的话，两个人一起跳楼就完事了——不，也不是那么简单就能"完事"的。

而如果是他杀，夺走哈兹娜和杰克的性命、袭击玛利亚的凶手就另有其人……哈兹娜和杰克都没被人目击到离开公寓。凶手要想把两人搬到公寓背面，必须使用某种手段。

尤其是哈兹娜，根据刚才的推理，凶手必须先进入公寓，再把她带到外面。

然而警方表示，除了杰克和玛利亚以外，被目击到出入公寓的人员里只有住户，没有可疑人物。

无论看作自杀还是他杀，都免不了有不合理之处。究竟是怎么回事？

"换个角度想想吧。"赛琳从旁建议，"假设阿南小姐和杰克·泰的死是他杀，凶手的动机是什么——不，能够有动机的人都有哪些？"

"首先就是学校里的有关人员,对吧。"

而且那人甚至提前准备了家畜引导棍这种东西。这绝不是激情犯罪。要说与哈兹娜和杰克中的至少一人关系密切到对其抱有深深的杀意也不奇怪的人物——

"文森特?"

那个招人厌的少年的面孔浮现在脑海。那家伙在校园内外都不可一世地带着杰克四处招摇。主人憎恨随从,这让人略感奇怪,但无论如何,他与杰克关系密切是事实。

"很遗憾,"赛琳摇头道,"听说案发当晚,他正在市区一角的酒店里参加本地金融界人士举办的派对。他是代替出差的父母过去的。派对十八点开始,二十点半结束,据说盛大无比,席间摆满美味佳肴。十七点半左右他就已经在会场了,派对结束后一直到二十一点多,多次有人在酒店的休息室目击到他。派对过程中,他离席的时间也不超过五分钟……参照你的证词,文森特·奈瑟尔没有作案机会。"

这次是赛琳说出了颇为详细的情报。

实际上,关于哈兹娜和杰克以外的案件相关人员的行动,玛利亚也只问出了是否有不在场证明这种程度的粗略情报。她还是第一次听说有关文森特不在场证明的具体内容。

"这些你是从哪儿听来的?"

"学校里的几个女生也参加了那场派对。派对结束后,大家都跟着家长回去了,没继续跟他待在一块儿。不过她们觉得机会难得,在等家长过来接自己的时候聚在休息室里闲聊来着,其间多次看到他的身影……差不多就是这么回事。不止一个人这样做证,我认为这份证词的可信度很高。"

看来赛琳也尽她所能收集了情报。玛利亚感到自己窥见了缺乏表情的室友令人意外的一面。

"你刚才说市区一角……那儿离哈兹娜的公寓大概多远?"

"直线距离一公里出头。步行单程大约十五分钟吧。"

要说近,倒也算近。只是徒步往返所需的三十分钟绝对无法忽略不计。就算开车,考虑到进出停车场的耗时,也节省不了多少时间。在离席的那五分钟里往返会场、到公寓犯下罪行是不可能的。

那么,文森特要想去哈兹娜的公寓,就只能是在派对结束后。从女生们的证词来看,最早也得是二十一点以后。而玛利亚目击倒地的哈兹娜是在十九点四十多,那时派对都还没结束呢。虽然不甘心,但不得不承认文森特的不在场证明非常牢固。

话说回来——

"文森特待在休息室干吗?派对结束后还在那儿转悠,可不像那家伙的作风。是在等出租车吗?但我感觉他完全可以叫配有司机的高档车来接自己啊。"

"他好像就是这么去会场的。"赛琳微微压低声音,"顺便一提,司机是杰克·泰。"

杰克?!

在U国,通常情况下,满十六岁可以考取汽车驾照。有大人陪同即可私下练习——倒不如说以这种方式学习驾驶技术是U国的常态——所以高中生驾驶汽车也不足为奇。

文森特十七点半出现在会场,搜查官说杰克访问公寓是在十七点四十五分。假设杰克在完成开车的任务后步行前往恋人住处,时间刚好能对上。

"听说文森特允许杰克在派对过程中自由行动。其他参加者里也有人让用人接送自己,但听说他们大多不许用人在外面闲逛，而是令其先回到家里，等派对结束再过来。既然是本地的派对，估计他们的家也都离会场不远。至于文森特·奈瑟尔，也许是因为和杰克·泰交情好，不太限制他的行动。

"没想到派对结束后，文森特左等右等，始终不见杰克·泰回来。他往家里打电话询问，但杰克·泰似乎也没联系过家里。汽车还停在酒店的地下停车场，也不能把车扔在那儿自己回去。刚才提到的那些女生后来听说，文森特·奈瑟尔最后自己开着那辆高档车回家了。她们说从没见过随从把主人抛下不管的。"

而实际上，杰克当时已经在会场一公里开外处的哈兹娜公寓背面成了一具尸体。

不管怎样，他的主人有不在场证明。那么——

"除了文森特，还有谁跟杰克有来往？"

"就我所知，我想不到有谁。在校园里，大家对杰克·泰的印象就是'文森特·奈瑟尔的随从'，看来实际情况也的确如此。他住在奈瑟尔家的一个房间里。总而言之，他是文森特·奈瑟尔名副其实的用人。

"杰克·泰在奈瑟尔家当用人，相应地，泰家则从奈瑟尔家得到了用于扩大经营的资金……或者说，作为接受资金援助的回报，泰家不得不听从奈瑟尔家的这一任性要求，这是背景。据说文森特·奈瑟尔以前曾亲口炫耀过此事，所以这个说法应该还算可信。"

买人当用人，当今时代居然还会有这种事……不，转念一想，在这片蔓延着露骨的白人至上主义的土地上，这也没什么好奇怪的。

"无论在校园内外，无论周几，杰克·泰把大部分时间都花在完成用人的工作上了。他无法表达强烈到会招人记恨的自我主张,也没有时间结交好友。阿南小姐是唯一的例外。他和阿南小姐相恋,或许也是因为感受到了彼此之间的相通之处……当然,这只是我单方面的想象。"

身为边缘人的共鸣吗?

如果赛琳的推测是正确的……那就说明自己对哈兹娜的这一面一无所知。

玛利亚眼中的哈兹娜,是拼命忍耐着无理的迫害,笑靥如花地照顾自己的挚友。要是没有她,也许玛利亚的高中生活真的就只是字面意义上的坐牢了。

但哈兹娜又是另一番感受吗?

对哈兹娜来说,玛利亚只是个令人操心的朋友,并不能成为心灵的支撑吗……

玛利亚慌忙甩开这些阴郁的念头。

"真没辙。这岂不是根本找不到嫌疑人了吗?"

即便校园之外有人对哈兹娜和杰克两人都心怀怨恨,她们也无从寻找。听警方的意思,似乎也并不存在这样的人。

"那倒也不是……索尔兹伯里小姐,还有你这个嫌疑人。"

"你可打住吧。都说了我不是凶手。"

"但周围的人是否这么认为,就另当别论了。"赛琳声音冷峻,"学校里已经在传你会不会是凶手了。不只学生,连老师之间都传开了……在教室里,你没有任何同伴。你要做好心理准备。"

※

室友的忠告是对的。

次日，玛利亚踏入校舍后，迎接她的是来自其他学生的、与此前略有不同的抵触目光。

"哟，是红发恶魔……""听说她杀了黑炭……""她为什么会来学校？""她没被逮捕吗……"

周围一片窃窃私语声。玛利亚瞪过去，那些学生便表情僵住，别开视线不吭声了。玛利亚穿过走廊，背后再次响起私语声。她回头瞪他们，他们便别过脸。就这样反反复复。

到了教室里也是一样。

玛利亚坐到座位上，同班同学纷纷从远处投来带着畏惧与厌恶的目光。她看向他们，他们就慌忙别过头。大家压低声音，没完没了地说着她的坏话。

待到老师出现，课程开始，同班同学的视线仍如芒刺在背。两旁的学生更是毫不掩饰地把课桌从她身边挪远了。

老师甚至都不劝阻一下。又或许，其目光中的厌恶更甚于学生，看玛利亚犹如在看真正的恶魔。

老师们应该都被警察告知过事情始末，对案情的了解至少比学生要详细。他们应该也清楚，没有确切的证据证明玛利亚是凶手。目前也没有人叫玛利亚去办公室。尽管如此，玛利亚仍陷入如此窘境。

充斥着异样氛围的教室里，有一个座位空着没人坐。

是哈兹娜的座位。再也不会现身的黑发挚友的座位。

——在教室里，你没有任何同伴。

赛琳的话语沉甸甸地压在心头。此刻她才切身体会到这句话的含义。

令人作呕的上午课程结束了。玛利亚在学校小卖部里买了三明治,去往后院。

那是她每天和哈兹娜一起吃午饭,享受片刻安宁时光的地方。怎料这往昔的圣地以屈辱至极的形式惨遭蹂躏。

文森特在草坪上铺着席子,与三个追随者模样的少女围着饭盒谈笑风生。

注意到玛利亚后,他露出笑容,抬起一只手说了声"哟"。举止彬彬有礼,表情却不含一丝亲切,眼神和语气里都满溢着恶意与优越感。

"好久不见。今天就你一个人吗?"

"你这阵势倒是挺热闹啊。对了,平时一直跟着你的那个用人去哪儿了?"

大概是没想到她会这样反击,文森特嘴角抽搐了一下。

"谁知道呢。给奈瑟尔家抹黑的无礼之徒去哪儿都不关我的事。"

玛利亚仿佛能听见"下贱货"这句潜台词。

"你来这儿有什么事?干出那种勾当,真亏你还有脸出现在我面前。如你所见,我正要享受一小会儿安稳时光呢。要吃午饭的话,能不能麻烦你去别的地方?光是瞧见你在旁边,就饭都吃不香了。"

"就是,滚一边去,你这个杀人犯。"其中一个女生骂道。

玛利亚瞪了她一眼,她吓得声音僵硬地惊叫出声。

"用不着你提醒。我也一样,在你旁边吃饭怕是要吃出馊味。"她转身走开。

"拜托你别再来这儿了。"文森特在背后挑衅道。

玛利亚紧紧咬着嘴唇,为了不显得像是在逃开而刻意慢步走着,离开曾经的小憩之地——遭到践踏的乐园。

她边走边吃掉三明治。难吃得要命,远远比不上哈兹娜做的。

5

次日早上,玛利亚旷课去往哈兹娜的公寓。

这天晴空万里,一反周六夜晚的阴雨。

玛利亚头戴街上买来的棒球帽,红发塞在帽子里,长袖衬衫搭配牛仔裤,装束随意。她站在公寓背面的空地上环望四周。

我这是在做什么啊。

想调查现场的话,跟弗雷德里克伯父说一声,让警察去办就行了。要是让人知道她旷课擅自去现场乱晃,不知又会招来怎样的非议。

即便如此,她也无论如何都想亲眼确认。她受不了继续在学校里无所事事地呼吸腐朽的空气了。

她今天比平时早起很多溜出了宿舍,宿管阿姨应该没注意到她。她给赛琳留了张字条,想必室友会巧妙地帮她敷衍过去。

公寓背面的空地此刻已退去黑暗,阴森的氛围消失得无影无踪,停工的工地显露出原有的冷清。

泥土与砂石覆盖的地面彻底干了。不见任何脚印之类的痕迹。听负责询问的搜查官说,由于地上有砂石,走在上面不会留下太深的脚印,警察赶到现场时,包括玛利亚的脚印在内,没有发现任何显眼的脚印。

那栋阴森的白铁皮房子就建在正对着公寓的地方。从外观来看只是一间普通的大库房,但现在它的门上,还有玛利亚打破的窗户上,都贴着写有"禁止入内"的警示带。

面朝房子正面时,左右两侧是杂居楼的侧墙,背后的空地深处则横着一条略显狭窄的道路,道路对面是树木繁盛的公园。

周围没有人影。或许是已经大致调查过一遍了,也不见警察的身影。玛利亚双手戴着皮手套——是从宿舍衣柜深处翻出来的冬季用品——试着开门。门原封不动地锁着。没办法。她小心翼翼地揭下破碎的窗户上贴着的警示带,打开窗户,像窃贼似的潜入屋里。

与"建筑器材的加工场"这一情报相符,屋里空荡荡的。墙边是简陋的三层架子,中间那层放着个木箱,锤子、活动扳手、螺丝刀之类的工具随意塞在里面。这些工具全都很旧了,表面生了锈。

下面那层放着像是用来切割木材的木台子。上面那层什么都没放。屋里也没有链锯这类大型电气工具。看样子原主人丢弃这栋房子时把重要物品基本都带走了。

玛利亚继续抬头往上看。深灰色的白铁皮屋顶由好几根骨架支撑着。这些骨架纵向——即屋顶倾斜的方向等间距排列,相邻的两根骨架间距约三米。

骨架之间有两扇采光用的天窗,长宽都将近两米。面朝公寓时右侧的那扇天窗几乎不剩多少玻璃了。

在破碎天窗正下方的混凝土地板上,用白线画着两个人形轮廓,二者相隔约五十厘米。

她不禁用手捂住嘴。以靠近公寓那一侧的人形轮廓为中心,隐隐的浅黑色污痕弥漫开来……是哈兹娜的血。

环视周围,没发现其他称得上重要线索的东西。

玛利亚从窗户出去,把警示带照原样贴好。她仰望天空,凝视突出的屋檐，深呼吸两次后，屈膝全力猛蹬地面跳起来。

她拼命向上方伸出胳膊。手指够到了屋顶边缘。她咬紧牙关，胳膊用力，像做引体向上一样将身体往上拉，用鞋头抵着墙壁，依次将双臂扒到屋顶上，总算爬上了屋顶。

有那么一瞬，她失去平衡，差点掉下去。

她连忙趴下伸展四肢，使劲扒住屋顶。所幸只是下滑了几厘米，没有摔落。

她松了口气。好险。幸好穿的是方便活动的衣服。

真爬上来之后，感觉屋顶比表面看起来更陡，但也不到悬崖峭壁的程度。用来固定白铁皮的螺栓沿着骨架排成一个个纵列。伸手就能够到一个螺栓，可以支撑身体。鞋与白铁皮板之间的摩擦力，以及白铁皮板自身的强度都足够。

案发当天下着雨，不过白铁皮板被加工成了波纹状，雨水都积到"波谷"里，顺着倾斜的屋顶流下去了。"波峰"虽会淋湿，但不会积水。应该不会发生类似汽车遇到水洼打滑的危险。

正如赛琳指出的，凶手要趴在屋顶上藏身绝非难事。

玛利亚直起上身，跪坐着环顾屋顶。没发现凶手趴伏于此的痕迹，不知是雨水冲刷掉了，还是原本就没有。

她小心地站起身，走近破碎的天窗旁边。

天窗正好在屋顶倾斜方向的正中间，距离公寓墙壁三四米。蹬着阳台栅栏倒也不是跳不过来，但要是做出这么大的动作，应该会掠过她的视野。

哈兹娜是从哪里坠落、怎么坠落的？

紧挨天窗左右排着两列螺栓。玛利亚逐一观察起来。

在与赛琳讨论案情时，她忽然想到一幅令人心生抗拒的光景。如果她的臆测无误，这里或许还留有些许痕迹，虽说也很有可能让雨水给冲掉了——

玛利亚的祈祷出乎意料地很快应验了。

屋顶斜面较高那头的边缘附近的螺栓上附有黑色细纤维……两端似是被扯断了，绽开短短的线头。

猜中了。

剩余的问题寥寥无几。其中之一是，凶手是从哪里出了公寓来到外面的。

玛利亚回头望去，公寓二层的窗户和阳台近在眼前，距离屋顶边缘不到一米远。

那是哈兹娜房间的正下方——准确地说是两层之下。倘若各层房间的配置都与四层相同，就是二一〇房间。

窗户里安着原装的百叶窗，与二层其他房间一样。玛利亚缓缓走下屋顶的斜坡，靠近二一〇房间。

阳台地板的位置略低于屋顶斜面较低那头的边缘。栅栏高度不到一米。她扫视地板和栅栏，没发现什么痕迹。和屋顶一样让雨水给冲掉了吗？玛利亚把两只鞋都脱掉拿在左手里，迈步跨到阳台上。只听地板嘎吱响了两声，不过和白铁皮屋顶一样，阳台地板的强度也足够。

她用包裹在皮手套里的右手手指抵住窗框发力。

几乎没有一点阻力，窗户动了——没上锁。

玛利亚感到一阵战栗。她把鞋放在阳台上，小心地抬起百叶窗，钻进二一〇房间，再关上窗户。放下百叶窗后，室内一下变得有些昏暗。

一股馊味掠过鼻间。这个房间比玛利亚住的双人间宿舍略微狭小一些，从窗户的角度看呈细长形。右侧墙边是开放式厨房，只有洗碗池，没有配备煤气灶之类的厨具。左侧墙上是固定式衣柜的柜门，另一扇门里面好像是一体化浴室。窗户对面是房门。

地板是木质的，纤尘不染。

房间空荡荡的，没有一丝生活气息。空置的房间会这样倒也正常。

玛利亚拧开厨房的水龙头，不见一滴水流出来。她反复按房门旁边的开关，天花板上的灯却连闪都不带闪的。似乎没通水电。

她走到门口，握住门把手使劲。打不开门。这边是锁着的，门把手上的反锁旋钮横着。

她回到房间中央，打开墙边的门。里面是盥洗台、马桶和狭小的浴缸，果然是一体化浴室。她在幽暗之中定睛细看地板。这里也没有积灰尘。

关上一体化浴室的门后，她又打开衣柜门。衣柜里倒是落有灰尘，里面空无一物。

玛利亚走到窗边，回头看去。已经没什么要确认的了。她拉起百叶窗，打开窗户，走出二一〇房间。

她捡起鞋，从阳台往白铁皮屋顶上迈。大跨一步，没发出多大动静就跳过去了。

没错，凶手就是从这里出去的。不知是提前复制了钥匙，还是趁人不备撬开了门，总之凶手先打开二一〇房间的门，进入房间后从里面锁上门，然后从窗户跳到了白铁皮房子的屋顶上。

二一〇房间就在楼梯旁边，从这里可以在房门的掩护下窥探楼下的情况。她来到公寓时，以及从四层跑下楼去外面时，凶手应该都能轻易知晓。

要说这种做法的风险，就是进入无人居住的二一〇房间时可能会有人看到。不过单独行动的话，这算不上太大的问题。假如撞见别人，只要装作自己是来其他房间做客的，从二一〇房间门前走过即可。

可若是扛着哈兹娜的身体，情况又如何呢？

难度骤升，一旦有人目击便前功尽弃。

周六晚上，哈兹娜从楼上的四一〇房间打来电话。玛利亚亲自接听的，她敢断言那绝不是录音。那时的对话内容、对方的应答之及时，都不是录音能达到的效果。电话那头毫无疑问是活生生的哈兹娜。

在那之后，凶手是怎么把哈兹娜搬出四一〇房间的呢？

白铁皮房子屋顶的线头、二一〇房间的窗户没上锁，这些玛利亚都没听警方提起过。她起初还以为警察调查得太过马虎……但考虑到移动哈兹娜的难度，没准警方也掌握了线头以及窗户未锁的线索，只是故意不告诉她。

玛利亚从屋顶下来，穿过小巷来到公寓正面的街上。或许是垃圾收集车来过，路旁的垃圾井筒已空空如也。

就在这时——

"你果然在这里，索尔兹伯里小姐。"

背后传来熟悉的声音，玛利亚惊得心脏差点停跳。

"赛琳？！"

她回过头，睁大眼睛。本应去上课的室友一身她从未见过的打扮，女式衬衫外面套着西服，脚踩女式皮鞋，也不知是从哪儿买来的这身行头。

不只如此，赛琳将浅黑色长发在脑后利落地扎成马尾，嘴唇上还涂着口红，一副成年女性的装扮，看上去一点也不像女高中生。

"你来这里干什么？我不是留了字条拜托你帮我敷衍过去

吗?"

"不用担心,玛利亚·索尔兹伯里和赛琳·托斯提万都是因病缺勤。宿管阿姨也了解情况……她拜托我关照你来着。"

原来早就暴露了啊。难怪她那么轻松就溜出了宿舍。

"你是来调查阿南小姐那起案子的吧?我想你应该需要一个能干的助手,就过来了。有什么需要帮忙的吗?"

自己还真是遇上好室友了。

"我想进哈兹娜的房间。帮我一把。"

赛琳的确当得起"能干的助手"这一称号。

进入公寓后,她毫不犹豫地径直走向管理员办公室,举起一个笔记本隔着窗玻璃展示给老妇人看。

办公室的窗户打开了,两人开始笔谈。不一会儿,老妇人走到办公室里面,拿出一把钥匙回到窗口前。赛琳接过钥匙,对老妇人点头致意后,向玛利亚露出笑容——比常人浅很多的笑容,仿佛在说:"如何?"

"借到备用钥匙了。我们走吧。"

"赛琳,你是用了什么黑魔法?"

"哎呀,别说得这么难听嘛。我只是好言相求而已——在告诉她我是A市警署的人之后。"

显然是谎报身份。

不过玛利亚也考虑过万不得已就撬锁开门,或者从公寓背面爬到四层打破窗户进屋这种非法手段,所以没什么资格说别人。

四一〇房间的房门还保持着周六晚上玛利亚看到的样子,没有变化。

看到门上以硕大字体涂写着的下流文字,就连赛琳也皱起眉头。不过她很快又恢复面无表情的样子，将备用钥匙插进锁孔，打开房门。

四一〇房间的基本结构和玛利亚刚才看过的二一〇房间如出一辙。

面朝窗户，左侧墙边是开放式厨房，右侧墙上是衣柜门和一体化浴室的门。只不过，与空置的二一〇房间不同，四一〇房间里有日常生活的烟火气。

门边立着一把扫帚，旁边放着个簸箕。煤气灶、水壶、冰箱、摆着参考书和词典的书架、墙边的床、枕边的白色小熊玩偶、朴素的圆桌和椅子……这是玛利亚第一次看到哈兹娜的房间。

她脱鞋进入室内。打开烹饪台下面的抽屉一看，里面有一把菜刀和两套包含叉子、勺子、餐刀的餐具。洗碗池下也有扇柜门，不过这里面只收着一口小锅。

烹饪台上方安着橱柜，里面放着盘子、茶杯之类的餐具。

她又打开冰箱察看，里面剩了些鸡蛋、牛奶、蔬菜之类的食材，还有一些沙司之类的调料。

哈兹娜做的三明治的滋味又在嘴里漫开。这些食材不久后也要处理掉吗？

床靠着左侧的墙。窗户跟前的地板没有全部被床占据，右边空出来一部分，应该是为了方便开窗。

玛利亚打开衣柜。最右边挂着高中制服，另有五六件私服，除了上衣，全是相同款式的白色连衣裙。

下面的抽屉里装着内衣，全是纯白的，风格与玛利亚衣柜里堆满的华丽内衣大不相同。

"她很喜欢白色啊。"赛琳咕哝道。

这么一说还真是，勺子、叉子等餐具，还有床单、桌布，全都是白色的。

玛利亚惆怅地环顾室内,视线忽然停在门边墙角处。

是电话机。

小小的桌子上放着拨盘式电话机,只伸出一根电话线。这种电话机的通信用电话线兼具供电功能,只要把电话线插进插座就能打电话。她以前听哈兹娜讲过这个小知识。

但现在,电话线没有插上。

顶端的插头滚落在地,没有插进墙上的插座。

"这是怎么回事?"赛琳诧异地问。

"她一向如此,"玛利亚答道,"平常都不插电话线插头的,说是为了躲恶作剧电话。"

周六晚上,她重新往哈兹娜家拨电话时也没有拨通,估计是切断通话后立刻拔掉了插头。

不过,既然哈兹娜遭遇了那种事,也就无法断言拔掉插头的是她自己了——

玛利亚用食指抵住下巴,脑中灵光一闪。

是凶手拔掉了插头?

"索尔兹伯里小姐?"

玛利亚没能立刻回应室友的呼唤。

这样啊……原来这么简单啊。

"赛琳,再陪我一会儿。"

"咦?"

"我有些问题,"玛利亚看向隔壁房间的方向,"想去问问隔壁的住户。"

6

次日，周五。

踩踏坚硬土壤的脚步声让玛利亚微微睁开眼。

她从草坪上站起身。身旁的大树伸展枝叶，遮挡住春日的阳光。

她掸掸沾到制服上的树叶和土。衬衫下摆露在短裙外面，会帮她整理好衣服的挚友却已不在。

学校后院。

与哈兹娜共度的安稳时光，如今已恍如隔世。

脚步声的主人停下脚步，语带嘲讽地对玛利亚说："你是忘了我跟你说过'别再来这儿'吗？"

"你也挺反常啊，今天怎么没呼朋唤友的？"

"因为红发恶魔霸占了地盘啊。"文森特·奈瑟尔耸耸肩，"我不忍心吓到她们，就让她们回去了。本来是想让你这个不遵守礼仪逃课来占地方的家伙离开的。"

"正好，我有好多事想单独跟你确认一下。"

"关于上周的案子吗？那事警察找我问了个底朝天。莫非你认为我跟这案子有关？"

"没错。"

"服了你了。"文森特叹了口气，"你没听说吗？我当时在参加派对。你再不甘心也没用。"

"是啊，你没有充足的时间去杀死哈兹娜。你有确凿的不在场证明。"

"那你还——"

尖锐的痛楚贯穿心扉。与赛琳讨论案情时的一个片段在脑海里闪过，令这痛楚更加剧烈。

谈到哈兹娜没有穿衣服这个话题时，室友少见地吞吞吐吐起来。但她并没有深究哈兹娜全身赤裸的原因。

玛利亚自己也明白：只要不穿衣服，哈兹娜的黑皮肤就会融入夜色，毫不显眼。

一定是杰克让她脱掉衣服的。留下全裸尸体会让人感到不自然，但比起这个，他应该是更加重视排除被人目睹作案过程的风险。哈兹娜的私服和内衣，犹如她潜意识中愿望的体现，清一色都是白的。

"他死有余辜……他竟敢让我——让奈瑟尔家的人蒙羞。他竟敢背叛我！"

文森特的声音里透着怨恨。

用奈瑟尔家的门路，应该也能找到其他同伙来杀死杰克。但这恐怕并没有可行性。这样做会有将自己与杰克的关系暴露给同伙之虞，况且他绝不可能将处决背叛者的机会拱手交给别人。

事到如今，文森特依然不肯直呼哈兹娜的名字。

玛利亚与哈兹娜两人在一起时，这个男人甚至都没对哈兹娜说过话，就好像哈兹娜根本不是人，而是什么害虫似的。

"死心吧。我已经把刚才的推测全部告诉警察了。你以为你往返哈兹娜的公寓时，一个目击者都没有？你以为你那辆高级车的驾驶座上，一粒公寓背面的土都没沾？只要警察想找，证据要多少就能找到多少。老实认罪吧。"

文森特一言不发。

扭曲的表情缓缓退去，片刻后，他发出如同在观看最高级的喜剧一般的笑声。

"但你有机会杀死杰克·泰。"

文森特脸上的表情消失了。

"哈兹娜坠落的时间是十九点四十多。你当时身处一公里之外的派对会场,离席时间不超过五分钟,的确没法对哈兹娜做什么。

"可杰克的情况就不同了。从十七点四十五分进入哈兹娜的公寓,到二十二点尸体被人发现,这之间他的行动无人知晓。如果杰克在二十一点之前悄悄回到了酒店附近——说得再明白一点,就是停着你家车的地下停车场,那么二十一点多还在酒店的你也完全有可能杀害杰克。"

"真无聊。这只是毫无根据的妄想吧。"

"那倒也未必。听说你是自己开车回家的。你为什么会有车钥匙?"

少年的脸看起来仿佛出现了裂纹。

"去时是杰克开的车,那应该是杰克拿着车钥匙吧?假如你一无所知,你根本想不到杰克会去哈兹娜的公寓,更预料不到他会一去不回。你要是相信杰克会回到酒店,就没理由从他那儿把钥匙拿过来。你可别狡辩说是杰克主动把钥匙给你的啊,他这样做的话,你难道不会起疑吗?"

文森特没有回答。

"答案只有一个。你在与杰克分别之后,回到家之前,又接触过杰克——办完事后悄悄回到酒店的杰克。然后你打死杰克,取回了车钥匙。"

"完全搞不懂你在说什么。"文森特的语调失去了起伏,"你到底想说什么?"

"还理解不了吗?那我就帮你总结一下好了。你让杰克杀了哈兹娜，之后又亲手干掉了杰克。

"我一直都觉得很奇怪。假设哈兹娜的死是他杀，凶手为什么执着于让我目睹她的死，为此甚至让她给我打电话？原因很简单。杰克是为了给你制造不在场证明，才把我引到哈兹娜的公寓的，好让我来当证人。他上演哈兹娜的'坠落'，目的就在于此。他想让我做证说，哈兹娜是在你参加派对的那段时间里'坠落'的。"

"上演？"

"这是个很单纯的把戏。哈兹娜在'坠落'时已经死了。凶手用平坦的钝器殴打她的头部，使人误以为她是摔到了混凝土地面上。"

哈兹娜的房间里少了一样该有的东西。

炉灶上有水壶，抽屉、橱柜里有菜刀和餐具，然而整个房间里都找不到平底锅。这是做三明治中的炒鸡蛋所必需的烹饪工具。

她没听警方提起过有没有找到凶器。杰克恐怕是把平底锅这个称手的凶器带离房间了吧。

"在我赶到公寓之前，杰克把哈兹娜的尸体搬到白铁皮房子的屋顶上，以横躺的姿势放在屋顶较高那头的边缘和天窗之间。"

搬运尸体时，只要踩着骨架行走，即使两个人的体重压在屋顶上，也不用担心会踩穿白铁皮板。就算天黑看不清脚底下，也可以根据螺栓的触感摸索着前进。

"蠢透了。"文森特嗤之以鼻，"案发当天下着雨吧？把尸体放在倾斜的屋顶上，不就滑下去了吗？"

"当然不是把尸体往那儿一放就不管了，杰克还是做了点措施的。他用绳子松松捆住哈兹娜的身体，再把绳子两端系到螺栓上。"

之后他收走了绳子,但黑色的线头还附着在螺栓上。

"而且,摩擦力与支持力成正比。支持力与垂直于屋顶斜面方向的那部分重力相等。杰克将身体覆在哈兹娜身上,把自己的体重压上去——注意别用力过度压破白铁皮板就好——就能获得不致轻易滑落的摩擦力。

"杰克早就预料到,那个耳背的管理员老太太估计听不懂我拜托她帮忙打开四一〇房间的恳求,也预料到我会心急如焚地想要确认哈兹娜在不在房间里,为此绕到公寓背面察看四一〇房间的窗户。

"他见我来到公寓背面,算准时机用小刀之类的东西割断捆着哈兹娜的绳子,同时从哈兹娜身上松劲。于是,哈兹娜的身体顺着屋顶斜面下滑到天窗玻璃上。而只要提前把天窗玻璃弄出裂缝,此时玻璃就会碎掉,哈兹娜的身体便会掉到房子里。"

实际上,在哈兹娜的身体滑到天窗玻璃上的瞬间,他应该又从上方施了一次力。哈兹娜的体重再加上杰克的腕力,令天窗破碎了。

哈兹娜身上的细微擦伤,大概是与白铁皮屋顶的凸起处摩擦而留下的伤痕。

"有意思。没想到你还挺幽默。"文森特嘲笑道,"可前提根本就错了。让你成为目击者?他以为警察会那么轻易就相信你说的话?"

"警察不相信的话,也只会怀疑我而已。无论事态往哪个方向发展都对他有利。"

——可这些都是你与管理员发生争执、冲出公寓之前的事。

——仅凭这些还不能完全证实你的证词。

尽管如此，玛利亚冲出公寓后，学校那边就立即报警也不是不可能。不过杰克他们推测学校为了守住体面，不会第一时间报警。

"是吗？"文森特耸耸肩，"就当是这样吧。可是，'把尸体搬到白铁皮房子的屋顶上'？他要怎么搬？我也从警察那里了解过一些情况。你接到的电话是从四一〇房间打来的，不是吗？在你过去之前，杰克要怎么把尸体从那儿放下来？难道你要说是从窗户抛出去的？"

"没有这个必要。因为哈兹娜打电话时，并不在四一〇房间。"

"你说什么？"

"电话交换机上留下的记录，只能说明打来电话的电话机连在四一〇房间的插座上，说明不了电话机本身在哪儿。"

文森特的脸微微失去血色。

"试问，如果准备一根长十几米的电话线，将一端插在四一〇房间的插座里，另一端从窗户缝垂下，拉到两层之下的空房间二一〇呢？"

文森特不答话。

"道理很简单。插座在四一〇房间，电话机本身则放在二一〇房间。杰克把窗户稍微打开一点，用超长电话线将二者连接起来。"

恐怕在案发前一天，周五那天，哈兹娜就被骗到二一〇房间了。杰克在那天也去过公寓。他对哈兹娜说"我也来这栋公寓租房了，要不要来看看我的房间"，花言巧语将其从四一〇房间引出来，一路避人耳目把她带到二一〇房间，然后限制了她的行动。他仔细地将她绑好，令她动弹不得，又堵住她的嘴防止她呼救。

做好这些准备工作后，次日，他来到公寓给电话机配线。

这项作业并没有多难。四一〇房间里原有的电话机没有连接插座。他把提前准备好的超长电话线的插头插进插座里，又把窗户稍微打开一点，将电话线的另一头从阳台旁边垂下，够到二一〇房间窗边时，他离开四一〇房间，进入二一〇房间，把电话线从窗外拉进屋里，接到准备好的另一台电话机上，至此便大功告成。

"听说在两个月前，有人住进了二层房租最便宜的房间，但只过了半个月就搬走了。那人住的就是二一〇房间。这是你安排的吧，为了复制钥匙？"

虽然二一〇房间没通电，但通信用的电话线即可为电话机供电使其运作。照明则用手电筒便足矣。窗外是空地，再远处是公园的树木。外面的人察觉此处有光亮的风险很低。

杰克在案发当天十七点四十五分左右进入公寓时，手里提着百货公司的纸袋，必需的器材应该就装在那里面。文森特是电器制造公司社长的公子，能弄到完成这个装置所需的电话机和超长电话线。

案发当天下着雨，但如果只是把窗户打开一点点，并不会吹进来多少雨滴。只要事先铺上毛巾，地板也基本不会湿。

万事俱备后，杰克命哈兹娜往宿舍打电话，引出玛利亚。

为了防止哈兹娜尖叫或是说些引人起疑的话，杰克应该在拿出她嘴里的东西之前威胁过她。用小刀或菜刀架着她，抑或说些诸如"你的好友变成什么样都无所谓吗"之类的威胁之语。

当然，他应该就守在电话机旁边，这样一来，眼看哈兹娜真要说出引人起疑的话时，就可以在她说出口之前立刻挂掉电话。

"玛利亚,我……"

在哈兹娜说出这句话之后,通话就中断了。杰克判断哈兹娜也许会说出触及关键信息的话,挂掉了电话。

那之后的操作也并不存在太大困难。从电话机上拔掉电话线,再次堵住哈兹娜的嘴。上楼到四一〇房间去,把电话线插头从墙上的插座上拔掉,扔到窗外。关上窗户,不上锁,擦拭雨淋湿的地方——床靠着墙,因而免于被雨打湿。锁上房门,回到二一〇房间,收回电话线。

——别老是丁零当啷的!

玛利亚在四一〇房间门前喊哈兹娜时,四〇九房间的住户这样喊道。杰克应该尽量控制声响了,但隔壁住户还是隐隐听见四一〇房间数次有人出入。玛利亚与赛琳一起造访公寓时,向四〇九房间的住户确认过了。

杰克回到二一〇房间收回电话线后,在玛利亚赶来之前打死了哈兹娜。

玛利亚闯入二一〇房间时,地板上几乎没有积灰尘。并非有人定期打扫,而是杰克在作案前后擦拭脚印、指纹和血迹时,把灰尘擦掉了。要是让人发现,大概会遭到怀疑,但总比留下决定性的证据强得多。

之后就如前所述。

杰克扛着哈兹娜的尸体从窗户来到阳台,关上窗户后移动到白铁皮房子的屋顶。他应该穿上了黑色雨衣或类似的衣服,这样就不怕雨淋了,而且万一有人看向窗外,这身打扮也不至于太显眼。

他趴着固定好哈兹娜的身体,等玛利亚如自己所料出现在公寓背面的空地,便看准她背对这边的时机,令哈兹娜坠落到屋里。玛利亚打破窗户试图进入屋里时,他趁机从屋顶上跳下来,用家畜引导棍打昏了她。

在玛利亚赶来之前,他将电话机、电话线、凶器等证物装进垃圾袋,抛到公寓和白铁皮房子之间的夹道里。那儿本来就凌乱地堆放着空瓶子之类的东西,成了个垃圾场,所以不用担心引人注意。

办完事后,他取回证物,为了向文森特汇报计划成功而回到酒店,却被主人夺去性命。凶器也许就是杰克用来杀害哈兹娜的平底锅。

犯罪现场大概是酒店的地下停车场,犯罪时间在二十点半派对结束后到二十一点之间,在推测死亡时间范围内。

派对的其他参加者里也有人像文森特一样让用人接送自己,但或许也有家近的缘故,他们大多让用人先回到家里,等派对结束再过来。除了文森特,没几个人把车停在地下停车场。

· · · · · · · · · · · · · · · · · · ·

"再之后就不用解释太多了吧。你从杰克身上取回车钥匙和二一〇房间的备用钥匙,把杰克的尸体以及证物塞进汽车后备厢,开车抄近道去哈兹娜的公寓。你来到公寓背面,放着倒在地上的我不管,走向白铁皮房子,从破碎的窗户进屋后打开门,再把杰克的尸体扛进来,放到哈兹娜的尸体旁边……为了不留下鞋痕,你应该是脱了鞋才进屋的。

"之后,你为了提高我的目击证词的可信度,把家畜引导棍——杰克应该是把它带走了——扔在我身旁,又把其他证物扔进路边的垃圾井筒……到家之前,你挑选合适的时机,找了个不起眼的地方打公用电话报警。但是,把家畜引导棍留在案发现场是个败笔。"

"什么意思?"

"我没有弄来家畜引导棍的途径。自从住进宿舍,我从没收到过包裹,街上也没有售卖家畜引导棍的商店。我根本没办法自导自演这出戏。"

文森特喉咙咕噜一声,接着发出低沉的哄笑。

"哎哟,真是愚蠢透顶。我——还有杰克,干吗要费那么大劲去做你刚才说的那些麻烦事?"

"这是我的疑问。情人跟别人睡了,就让你感到这么屈辱吗?杰克——自己的情人,被哈兹娜——你们口中'遭人唾弃的黑人娘们(negro)'夺走,就这么让你受不了吗?"

"闭嘴!"

少年的脸扭曲了。

那是强烈的愤怒与耻辱交织而成的丑陋表情。

周围没有人影。不知该说幸或不幸,似乎没有其他学生听见文森特的叫喊。

"给我闭嘴,你这个红毛!"

说中了啊。

玛利亚回想起从图书室回去的路上遭遇文森特他们时的光景。

大约是下意识的动作,文森特用手指替杰克整理了衣领。那不像对待普通随从的方式,是有些暧昧的举动。

虽说有要来当用人这个名目,但把借贷方的儿子接过来与自己同住一个屋檐下,从资金援助的惯例来讲不太常见。恐怕是在两个家族聚会之际,文森特对杰克一见钟情了。

他们佩戴的是相同款式的领带夹。玛利亚原本以为那是主从关系的证明,没想到实际上还有更深的含义。

杰克绝对是不情愿的,但为了家族,只得接受文森特。

造化弄人,他又遇见了哈兹娜。

两人虽然遭遇有所不同，处境却十分相似。没过多久，他们悄悄地相爱了。

好景不长，两人的幽会让文森特发现了。

杰克频频单独行动——比如在校舍正门那次——让文森特起了疑心。他暗中调查，得知自己的情人与白人至上主义者口中的"肮脏黑人"哈兹娜·阿南相爱了。

这就是动机。

对文森特来说，这感觉就像是喜欢的玩偶——虽然这说法令人作呕——被弄脏了一样。而在不知情的情况下一次次与"脏掉的玩偶"同床共枕，无疑更令他感到屈辱至极。

所以他让杰克杀死哈兹娜，作为对杰克的惩罚。

或许文森特威胁杰克说，敢不听从，就切断对杰克家里的资金援助；又或许是杰克自己在内心深处并没有将对哈兹娜的爱贯彻到底的觉悟，觉得纵使能与她恋爱，也无法与她共度一生。

在白人至上主义横行的这所高中，黑皮肤的哈兹娜是校园欺凌的绝佳靶子。没有处处针对她的，除了留学生赛琳，就只有转学没多久便被冠上"红发恶魔"绰号的异类玛利亚。

对杰克来说，与哈兹娜的关系终归只是背德之恋。相比承受背叛主人的沉重罪过，他的天平向作为随从行动的那端倾斜了。文森特逼迫他赎罪，他便只剩下亲手杀死哈兹娜这一个选择……

玛利亚忽然想起，哈兹娜曾提到过，"哈兹娜·阿南"这发音美丽却不顺口的名字，在她父母的祖国——位于U国东南方，与U国隔海相望的大陆上的一个国家——并不是特别罕见。

四一〇房间的房门上留有许多涂鸦文字的痕迹，其中有一个只能辨认出开头字母是"B"的单词。

"BITCH"（婊子）——不，恐怕是"BLACKY"（黑人）。

赶虫子似的驱赶哈兹娜,当时领头的就是文森特。

把玛利亚和哈兹娜都从后院赶出去。文森特利用杰克来嫁祸玛利亚,使她成为杀害哈兹娜的嫌疑人,就为了这个?

对这个男人来说,哈兹娜的生命只不过是一个脏东西。

"怎么,没听见吗?那就——"

玛利亚没听少年把话说完。

她右手握拳,全力挥向文森特的鼻梁。

金发少年发出狼狈的呻吟声,倒在草坪上。玛利亚抓起他的衣领,拽向自己这边。

"想炫耀就尽情炫耀好了。但你给我记着,知道你所作所为的人现在就在你眼前,无论你逃去哪里,无论时间过去多久,我都会想方设法把你打落地狱!"

文森特流着鼻血,面庞因恐惧而扭曲。玛利亚猛地松开抓着他衣领的手,转身离开。

※

玛利亚没能将对此案的调查过程见证到最后。

屡次迟到、旷课,再加上对文森特·奈瑟尔的两次暴力行为这一致命过失,把她塞进这所高中的亲戚也罩不住她了。

五月的最后一天,学年结束之日,玛利亚转学了——实际上是受到了退学处分。

7

"好孤单啊。"赛琳握着纸袋的绳子垂下眼帘,"好不容易……才遇到个合得来的室友。"

我可没觉得跟你合得来——玛利亚把这句招人嫌的话咽回去,坦率地说出真心话:"是啊,我也一样。"

机场大厅。

只有赛琳一个人来送玛利亚。弗雷德里克伯父没来,说是有案子要忙。

作为补偿,前一天晚上,他跟玛利亚一起在一家小餐厅吃了顿晚饭。席间玛利亚向弗雷德里克询问哈兹娜一案的进展,得知正如文森特所预言的,要起诉他非常困难。

那又如何?

无论花上多少时间,我都一定要让那家伙遭到报应。为此我什么都做得出来——即使是所有人都断言办不到的事。

玛利亚忽然想起哈兹娜秘密下葬时的光景。

做过防腐措施的尸骸。失了魂一般久久伫立的双亲。葬礼过程中,玛利亚一言不发,只是紧紧咬住嘴唇。

玛利亚低头看看手表。快到登机时间了。她将坐上四十分钟后起飞的飞机回到老家,之后会转学到附近的高中。

关于事情原委,玛利亚的父母几乎什么都没问,只是说了些"居然能坚持整整一学年""是啊"之类的话,让人感叹心大也要有个限度,不过这对玛利亚而言倒是求之不得。

"我会给你写信的。以后也一定会去你那边的家玩。"赛琳浅浅一笑,举起纸袋,"还有,这个给你,希望你能好好珍惜它。"

"谢谢。"

玛利亚接过纸袋,向里窥看。是一个略显细长的小盒子似的东西,包装得很漂亮。

"我可以现在就打开吗？"她问。

赛琳点点头。玛利亚把纸袋里的东西拿出来，打开包装，里面是一个木盒。

心里涌起不好的预感。

打开盖子一看，木盒里装的是穿着J国和服的人偶。是赛琳之前说过"半夜头发会变长"的那个人偶。

"你这家伙！临别礼送的都是些什——"

玛利亚说到一半停住了。

哈兹娜的面容与人偶的脸重叠在一起。遭人厌恶、轻蔑，甚至被本应心意相通的恋人抛弃，如今已不在人世的挚友的笑脸，仿佛就在眼前。

玛利亚叹息一声，摇了下头，盖上木盒盖子。

"没什么，我收下了。我会珍惜它的。"

"我很高兴。请务必把它放在枕边，看到它时要想起我哟。"

"这个就免了。"

※

在登机口挥手与赛琳道别后，玛利亚登上飞机，打开木盒盖子。

她低头看向黑发人偶，压抑已久的情感汇成一串泪水从眼角流出，滑落脸颊。

赛琳是个大骗子。

过了很久很久，人偶的头发依然一点也没有变长。

替罪绵羊不会含笑

看起来嘴很碎的家伙,是错把这儿当成律师事务所了吗?
这是玛利亚·索尔兹伯里对黑发下属的第一印象。

浮夸又邋遢的人,这都能当上警监,真不愧是自由的国度。
这是九条涟初见红发上司时不加虚饰的心情。

好巧不巧,他们产生了相同的疑问。
这家伙为什么——她为什么——会当警察?

1

"总而言之,她是个各方面问题都很多的人物。"副署长从九条涟的斜前方走过,发出一声叹息,"以后估计要辛苦你了,关于这点还请见谅。"

反正我提醒过你了,之后如何都不关我事——这带有辩解意味的心声昭然若揭。

"我有个问题。"

"什么?"

"为什么要把我安排到这种人手下？"

似乎有些直白过头了。副署长噎住了。

"就在前几天，由于人员调动而出现了职位空缺。在犯罪搜查过程中，搜查员之间的合作不可或缺，频繁更换搭档可能会对破案造成障碍。这绝对不是在轻视你，希望你能理解。"

没有哪个搜查员想跟问题人物搭档，所以就破罐破摔地把新人分配过去吗？U国虽有"种族熔炉"之称，但至少在警察组织之中，自己这样的J国人绝不常见。成为警察后没过多久，涟就明白了这一点。

"是你的话一定能行。不，只有你能行。我看好你。"

我拒绝——涟压下想要这样回答的冲动，简单答了句："我会尽绵薄之力。"

他跟着副署长在走廊上前进，踏入刑事科办公室。十几个人的视线一齐集中到涟身上。

大概是事先听说了新成员到岗的消息，搜查员们纷纷露出半是好奇半是怜悯的表情。

好在至少没人表现出敌意。涟一边听副署长介绍，一边依次将新同事的脸记在脑中。

视线移向最后一个人的瞬间，涟僵住了。

红发女人正靠在椅背上呼呼大睡。

看样子她完全没注意到副署长和涟进来了，睡得酣畅无比。

从外表来看，她年龄在二十五岁到三十岁之间。容貌美丽得惊人，一头红色长发倾泻而下，若是打扮一番走在街上，回头率一定极高。

然而她现在这副样子与"美貌"一词根本不挨边，在另一层意义上引人注目。

嘴唇半张，嘴角眼看就要流出口水，一副邋遢相。衬衫皱皱巴巴，胸口的两颗扣子没系上，长长的红发也四处乱翘。

就连在J国和U国都经常获得"沉着冷静"这一评价的涟，面对这个明目张胆地在副署长面前打鼾的红发女人，也不禁目瞪口呆。

副署长眉头皱成一团。他清清嗓子，继而大声吼道："快起来，索尔兹伯里警监！"

女人睁开眼睛。

视线恍惚地在天花板游移几秒后，她揉揉眼睛，向副署长这边转过身来。

"啊，科里……怎么了？"

刚睡醒的女人——好像是叫索尔兹伯里——面对烦躁的副署长一点也不发怵。

等等。"警监"？这个看起来没比自己大多少的邋遢女人竟然是警监？

怎么可能！

"还'怎么了'，"副署长太阳穴一阵抽搐，"我没跟你说新来的搜查员今天到岗吗？我再介绍一遍：这位是九条涟刑警，从今天起在你手下工作。你无权拒绝，这是命令。来，九条，打个招呼吧。"

索尔兹伯里警监将目光移向涟。

涟不由得屏住呼吸。

或许是光线映照的缘故，她的眼睛呈现出红宝石的颜色，宛如在燃烧一般。

那是无论如何都称不上友好的，能将对方烧死的眼神。

一九八二年八月，U国A州F警署。

在这与故乡有十六个小时时差的异国之地，涟的新生活早早染上了前途多舛的色彩。

※

电话在响。

玛利亚·索尔兹伯里揉揉眼睛，躺在床上扭头看向旁边。七点三十分，比她平常的起床时间早很多。

是哪个没礼貌的家伙大清早的扰人清梦？

她决定无视，又钻回被窝。谁知过了十秒、二十秒、一分钟，电话仍响个不停。两分钟后，她的忍耐达到极限。

"喂？！给我适可而止，推销闹钟的话我拒——"

"早上好，索尔兹伯里警监。"电话那头的人淡定地把玛利亚的咒骂当作耳边风，"我是F警署的九条涟。你醒了吗？"

"喂，你为什么会知道我家的电话号码？"

"我在总务科查到的。"新下属轻描淡写地回答，"高层说你迟到太频繁，所以我过来接你。车就停在你家路对面。快点收拾一下，要去上班了。"

玛利亚慌忙扔下电话听筒，从床上一跃而起，透过窗帘的缝隙向外窥探。

正如新下属所说，路对面停着一辆陌生的汽车。

附近的公用电话亭里有一个人影——是昨天初次见面的黑发

青年。

"你这家伙！"

玛利亚拿起听筒抱怨了一声。以往的搭档之中，从没有人见面第二天就做出如此大胆的行为。"'收拾一下'，说得倒轻巧。我还没吃早饭呢，怎么可能说出门就出门啊。"

"早饭我这边准备了，你整理好着装就可以。请尽快出来。对了，我建议你起码把头发梳一下。"

"多管闲事！"

玛利亚摔下听筒。"起码"是什么意思啊！

几乎是在故意找碴，玛利亚拖拖拉拉地整理好着装，四十分钟后才走出家门。

无礼下属没有显出半分焦急的神情，只是默默打开副驾驶座那边的车门，意思是让她上车。在旁人看来，他俨然来迎接女主人的司机，只是黑发青年的眼神里全无对上司的敬意。

"我应该告诉过你起码把头发梳一下……但毕竟都这个时间了。没办法，出发吧。"

"你嘴真够碎的。"

见面第二天，玛利亚便逐渐了解到这个狂妄下属的秉性。

他有着标准的J国人肤色，黑发打理得整整齐齐，眼镜将容貌衬托得十分知性。时值八月，却不见他流一滴汗。他规规矩矩地打着领带，一身贴身西服，包括里面的长袖衬衫在内，没有一丝褶皱。

光看外表，怎么看都像是毕业于名牌大学的律师……但性格可谓糟糕透顶。

玛利亚坐进副驾驶座。里面开着温度适宜的冷气。车内井井有条，与车主的外表相称。片刻后，黑发下属坐进驾驶座，转动钥匙发动汽车。

"那么，关于今天的安排——"

自己好歹也算是肩负着培养下属的任务，必须展现出上司的威严——她正这么想着，下属抢过话茬。

"先去一趟警署，然后去现场。请趁现在吃好早饭。"

他抓起汽车仪表盘上的纸袋，头也不转地递给玛利亚。

"等……等一下。"玛利亚连忙问道，"现场？怎么回事？我什么都没听说。"

"之后再详细解释。就在刚才，警署接到了紧急报警。"

看来他在玛利亚整理着装的时候和警署联系过。心倒是挺细的。姑且不论性格，他的职业能力或许相当优秀。

玛利亚看向涟递来的纸袋里面，僵住了。

是三明治。

——该起床啦。已经是午休时间了哟。

——我做了三明治，一起吃吧。

"喂，你小子——"

"我叫九条涟。随便怎么称呼都行。"

"涟，你这是在找什么碴？"

"找碴是指？"

对方语气平淡，看样子的确一无所知。

"没什么。"玛利亚叹了口气，大口吃起三明治。和她做的完全不是一个味道。

"这是你自己做的？"

"这可真是……这可真是笑死人了。'只要警察想找'？你以为这里的警察会听你这种人胡言乱语吗？学校里臭名远扬的问题学生说的蠢话，有谁会当真？奈瑟尔家是本地的名流。你以为这里的警察会动真格调查我——调查奈瑟尔家吗？"

"你说什么？"

"我不知道你伯父地位如何，但没用的。对这起案件的调查很快就会结束。这是我爸直接从警署署长那里听说的，错不了。再说，就算警察行动起来，又能搜集到多少证据？我杀了杰克？目击者？案发当晚下着雨，你觉得能收集到多少明确的证词？凶器又在哪儿？早就跟其他物证一起装上垃圾收集车处理掉了。车钥匙？家畜引导棍？这种根本不能成为证据的东西，在法庭上能起什么作用？"

似是想表示自己快活得不得了，文森特得意扬扬地笑起来，笑得全身都在摇晃。

"该死心的是你，玛利亚·索尔兹伯里。这所高中里已经没有你的容身之处了。这里不需要蒙上犯罪嫌疑的人，不需要玷污名校传统的学生。明白了就赶紧滚吧。这个后院是我的，不是你这种红毛（Ginger[①]）该待的地方。"

玛利亚的身体僵住了。

——竟然……竟然是这样吗？

如果只是为了明确哈兹娜的死亡时间，没必要大费周章把她引出来，让四〇九房间的住户听到争斗的动静就足够了。

去年转学过来后没过多久，玛利亚在后院看见其他学生想要轰走哈兹娜，便出手相助，这成了她们相识的契机。那些学生像

[①] 对红头发的人的歧视性称呼。

"看纸袋上的商标还看不出来吗?是店里买的。我不知道你的口味,就随便买了一个。味道如何?"

"勉强能吃的程度。"

"真是遗憾。"涟夸张地长叹一声,"要是你收拾得再快点,就能趁热吃上了。"

面对再怎么说也是直属上司的人,能说出此等挖苦话,可见这家伙比常人少根筋。

虽然自己也没什么资格说别人,玛利亚还是忍不住想道:这样的人为什么会当警察呢?明明当律师或是诈骗犯更适合他。

2

"您好,这里是F市紧急通信指令室。"

"救命,救命!"

"冷静,请冷静一下。发生什么事了?"

"被打……妈妈……要死了……"

"明白了。您在哪儿?请把地址告诉我。"

"——"

(一阵声响,通话中断。)

"喂——喂?!"

※

涟手握方向盘。身旁的红发上司转眼便将最后一口三明治塞进嘴里。

她的表情看起来就像在吃黏土一样。里面的三文鱼不合她口味吗？尽管如此，她还是吃完了，看来对于讨厌的食物，她的做法不是"不吃"，而是"迅速强塞进肚"。也可能单纯是饿了。

红发上司用纸巾擦擦手，然后把纸巾放进纸袋，将整个纸袋揉成一团扔到副驾驶座脚边。她猛地靠到椅背上，不到三十秒就开始发出均匀的呼吸声。

服了她了。

等红灯时，涟伸手从副驾驶座那边捡起纸袋，扔进垃圾桶。"邋遢的人"这个第一印象越发牢固。

而且，从她身上感受不到一丁点干劲。

他见过好几个没有工作热情的警官，但这位红发上司从昨天持续到今早的这股懒散劲实在是超乎常人。

昨天也是，她一开始还神气十足地讲着些"听好，脚踏实地的劳动是搜查的基础"之类的老生常谈，可不到一小时就不加掩饰地露出无聊的表情，最后递给涟一大张纸，说了句"把这个牢牢记在脑子里"，就一头趴到桌上。

是F市的地图。内容很详细，不仅干线公路，就连小街小巷都有标注。

"地图我也有……"

"那就……浏览一下……街道的名字……"

犹如弥留之语的一声呢喃后，红发上司坠入梦乡。

她今天也早早在副驾驶座上睡熟了。

玛利亚·索尔兹伯里……警监是吗？

自从女性解放运动席卷全球以来已经过了十多年，对职业女性的偏见却仍屡见不鲜。在这样的社会环境下，就凭这种工作态度，像她这么年轻的人到底是怎么升到警监这个职位的？最初又是为什么想要当警察？涟的疑惑越来越深。

不过，有一件事他确确实实地明白了。

自己摊上了照顾她的任务。

到达 F 警署后，涟叫醒上司，和她一起来到办公室。

"对不起，我们来迟了。"

"不，你们来得挺快的。"搜查员中的一人扬扬嘴角说道，"那我就开门见山了。今早七点五十三分，通信指令室接到报警……"

电话那头是孩子的声音。

对方先是呼喊"救命"，随即在通话中称自己要被妈妈打死了。

地点不明。接线员刚想听取地址时，对面传来一阵声响，接着通话就突然中断了。

与涟的祖国不同，U 国的紧急求助电话，无论报警电话、急救电话还是火警电话，号码都是九一一。

各地区的紧急通信指令室接到求助电话后，接线员会根据通话内容将电话转接给各个机关。这次的案件涉及暴力伤害或杀人未遂，所以警署接到了联络。

"这是恶作剧吧？""不，会说出'要死了'这种话，可见事态严重。弄不好得争分夺秒去救。""报警的是个小孩吧？小孩会把鸡毛蒜皮的事也说得很夸张。""大人也一样喜欢夸大其词。不能视而不见……""查到电话来源了吗？""怎么可能一下子就查到。已经向通信公司提出申请，不知要等多长时间……"

乐观论与危机论此起彼伏。涟也没能躲过这场大讨论。

"这位新人怎么看？"

搜查员们一齐看向这边。让我们领教一下你的本事吧——是这个意思吗？

涟消化了一下刚听到的情报，开口道："应该排除恶作剧的可能性。"

"根据是？"

"据说问出地点之前，通话就中断了。假如是恶作剧，按说报警人会告知更详细的信息，因为报假警的目的大多在于让警察白跑一趟，以此取乐。不告知任何详细信息的话，我们想行动也无从下手。与之相比，加害者就在报警人旁边，在报警人报警途中强行挂断了电话，这样考虑更为合理。"

"嗯，"一位年长的搜查员抱起双臂，"说得有道理。玛利亚，你怎么看？"

大家又都看向红发上司。

她会不会说出"是恶作剧吧"这种话？涟的脑中闪过这样的担忧。

但她的见解并非如此。

"有通话录音吗？"

"正在复制。应该过一会儿就会送到这边。"

"那我听完录音再发表看法。恶作剧也好，真报警也罢，只听指令室的转述是不够的。必须直接听取报警人的声音。"

说完，红发上司打了个哈欠。

真是个缺乏紧张感的人。明明这事有可能关系到一个孩子的生死。

要不挖苦她一句作为回敬吧。涟这样想着转身朝向上司，嘴刚动了动，就又闭上了。

她的眼神里透着迎难而上的气势，全无悠闲之色。

所幸，报警电话的录音记录于两分钟后送到。

"明白了……请把地址告诉我。""——""喂——喂？！"

录下来的对话以带着紧迫感的呼唤声收尾。

沉默笼罩了整个办公室。拼命呼救的稚嫩声音、接线员正要询问详细信息时传来的物体碰撞声、其后突兀的中断……这要是恶作剧，那对方准备得未免太过周密。

宣扬乐观论的搜查员全都沉默了。刚才那位年长的搜查员开口道："看来不能再这么优哉游哉下去了。有什么发现吗？"

没有人回答。除了最后的声响，几乎完全听不清环境音。

这时，红发上司向大型盒式录音机伸出手，将磁带倒了回去。

"……告诉我。""——""喂——"

她反复播放着通话中断前的那部分对话——内容几乎只是接线员的呼唤。

红发上司闭着眼皱着眉，不停倒带、播放，反复十几次后停下手。

"我知道了。是'F'打头的道路上的某个地方。如果是住宅区，可能是狐巢路（Fox Lair Drive）吧。"

搜查员之间爆发出一阵议论声。涟在反复聆听的过程中也终于注意到了。

"问出地点之前，通话就中断了"这一形容，严谨来讲是错误的。通话中断前的瞬间，从物体声响的间隙中，能分辨出报警人的一丝声音——"f"的辅音。

"不，等一下。"一位搜查员举起手，"可不一定是'fox'。也可能是门牌号的四（four）或五（five）。"

"不可能。"红发上司否定道，"有谁会在快要被杀的时候慢悠悠地从门牌号说起啊？"

"报警人是个小孩。我认为可能性还是存在的。"

U 国住址的写法，是先写门牌号，再写最近的道路，例如"1234 阿尔法街……"，念法也同样如此。年幼的报警人究竟是否具备能直接说出道路名的变通与冷静？

"涟，你这人——"

眼看两人就要争吵起来，年长的搜查员打起圆场。

"总之，这几乎是目前唯一的线索。能出动的人分头行动。九条涟，你和玛利亚一起寻找报警人。姑且先从狐巢路找起。"

"真是的……真让人受不了。"从副驾驶座传来红发上司的牢骚声，"光是狐巢路上就有几十户人家，这得找到哪辈子去啊。"

真想不到这会是找出报警来源线索的人说出的话。

"现在是说这种话的时候吗？"涟责备道，"这可事关孩子的生死。眼下只能尽快把可能性最高的地方进行一遍地毯式搜索。"

"这点道理我当然明白。"对方低声答道，声音里压抑着怒气，"得尽快找到报警人才行，可是力不从心，我是说这个让人受不了。"

涟不由得看向副驾驶座。幸亏在等红灯。

红发上司手肘撑在窗框上，目不转睛地看着道路前方，眼神简直可以杀人。

"抱歉，是我错怪你了。"

在对方察觉之前，涟转回头来重新面向前挡风玻璃。红发上司哼了一声。

见红灯变绿，涟踩下油门，转动方向盘，凭记忆向狐巢路开去。

上司惊讶地叫道："喂，涟，你认得路？莫非你就住在附近?"

"是因为你让我把地图牢牢记在脑子里。另外,我虽然是昨天才入职警署的,但好几天前就搬到F市这边住了。"

当然,他并非在到岗前就记住了所有道路的名字。若非红发上司的指示,他现在估计正拿着地图打转吧。仅就这点而言,必须要感谢她。

"对了,索尔兹伯里警监,关于查明报警来源后的应对……"
"别用这么生硬的称呼叫我。"
"啊?"
"刚才其他人是怎么称呼我的,你就怎么称呼。都在一个地方工作,称呼时还加警衔也太让人难为情了。"
"明白了,玛利亚。"

听涟如此回答,玛利亚再次哼了一声。

一直到第十家都以扑空告终。

有的家里只有相依为命的老夫老妻,有的家里倒是有孩子,不过是已经变声的男孩。没能找到符合报警人声音特征的孩子。

这是意料之中的事。一方面,报警的孩子留下的信息只有短促的辅音"f"。"F"打头的道路不止狐巢路一条,并且就像其他搜查员指出的那样,也有可能是"4"或"5"打头的门牌号。符合条件的地点遍布市内。

另一方面,报警来源查明得越晚,事态就越有可能陷入无法挽回的境地。尚未接到其他搜查员或交通科警官表示已查明报警来源的联络。昨天还讲着"脚踏实地的劳动是搜查的基础"的玛利亚,此刻也难掩焦躁。

切忌急躁——涟一边劝诫自己,一边走向第十一家的大门。

他按下旁边的门铃。少顷,门里传出一个嘶哑的女声。

"请问您是?"

"我是警察。有些事想问您,可以吗?不会耽误您太久时间。"

一片沉默。

几秒后,对方压低声音说了句"请讲",从斜开的门背后现出身影。

是个散发着阴郁气息的女人。

她的年纪应该比涟和玛利亚要大。她身高中等,体形偏瘦,黑色长发在脑后绾成发髻,露出脖颈。肤色比涟略深一些,深褐色眼睛。五官棱角分明,却丝毫不显英气,相反,贴到脸颊上的蓬乱头发与左眼下的泪痣给人以红颜薄命的印象。

她穿着藏青色长袖衬衫和牛仔裤,脚上穿着白袜子,踩着拖鞋。朴素至极……全身上下都没有溅上血液的痕迹。

"我是 F 警署的九条涟。"

涟出示身份证件。旁边的玛利亚把手伸进夹克衫的右侧内兜,蓦地停住动作。她视线游移,在衣服上摸索几秒,随后明显松了口气,从衬衫胸前的兜里掏出身份证件。

"我是 F 警署的玛利亚·索尔兹伯里。"

手忙脚乱那么半天,这时候再绷起脸也白搭。

然而黑发女人没有露出一丝笑意。她一脸警惕地看着两人的身份证件。

"那个……是要问什么事?"

"今早我们接到报警称有人虐待儿童,"涟刻意虚张声势,"所以想向您了解些情况。请问您的孩子在家吗?"

女人的肩膀抖了一下。

"我现在不太方便——"

"不可能不在家吧。"玛利亚用手抵住开到一半的门,"幼儿园和学前班都在放暑假,现在也不是上暑期班的时候。外面停着辆车,可今天是工作日,大人大多要上班……也就是说,那辆车是你出门购物时开的。您丈夫开着车库里的车去上班了吧?您丈夫把孩子带到工作单位的可能性也不是没有,但能让孩子待上一整天都不厌烦的工作单位屈指可数。那就是去医院了?有车的你在家里闲坐着,反倒是丈夫抛下工作带孩子去医院?这太奇怪了。又或者是在亲朋好友那里?能不能告诉我孩子去哪儿了?"

涟不禁哑然。

滔滔不绝地施展辩才的玛利亚,和初见那天呼呼大睡的家伙简直判若两人。

黑发女人也哑口无言,过了会儿才回过神来摇摇头。

"她只是正在房间里睡觉而已。"

"抱歉,那能叫她起来吗?"

"那个……我女儿身体不太舒服,不好勉强……"

"那就让我们进屋,让我们看她露个脸就行。还是说,你有什么不能这样做的原因?"

"这个……"

这明显超出查访的范畴了。涟正想阻止,门里传出另一个声音:"怎么了?"

伴随着摩擦地板的微弱吱呀声,一个坐在轮椅上的女人出现在两人面前。

从外表来看,她的年纪在六十岁上下。她有一张轮廓柔和的圆脸庞,碧眼周围泛着皱纹,金发里夹杂着白发,丰满的身体包裹在奶油色夏季针织衫、白色罩衫和浅桃色裙子里,整个人给人以文雅大方的贵妇之感。

正因如此，她坐在轮椅上的模样令人心痛。或许是因为上岁数了，她的呼吸有些急促。

既然在同一个家里，那她是黑发女人的家人吗？然而无论从眼睛和头发的颜色来看，还是从五官来看，她们都不像有血缘关系。

紧接着，两人的对话便打消了涟的疑问。

"娜丁……妈妈。"

"别叫得这么见外，萨拉。只叫名字就行了。婆媳也一样是家人吧？"轮椅上的老妇人露出笑容，眼角的皱纹更深了，"哎，那边那两位是？"

"是警察。那个……他们说想见多萝西。"

"哎呀。"老妇人皱起眉头，"该不会是我孙女在别人家干坏事了吧？"

"不，这只是查访的一环。不会耽误你们太多时间的。"

涟抢在玛利亚之前回答，同时在脑子里迅速梳理信息。

黑发女人名叫萨拉，她女儿好像是叫多萝西。坐轮椅的老妇人叫娜丁，是萨拉的婆婆——也就是现在不在场的萨拉丈夫的母亲喽？

他听说在 U 国，孩子独立后通常会离开父母，像 J 国那样三世同堂的家庭很少见。不过凡事都有例外。眼下还不了解详细情况，推测是儿子、儿媳在照顾腿脚不方便的母亲。

问题是，那个叫多萝西的孩子现在是什么处境。

"那好吧。"过了一会儿，娜丁点点头，看向儿媳，"萨拉，带两位警官过去。"

萨拉微微倒吸一口气。

"那个……没关系吗？"

"配合警察工作是市民的义务，不是吗？"

"明白了。"

萨拉走到娜丁背后，握住轮椅背面的把手，再次面向涟和玛利亚。

"请跟我来。"

※

坐轮椅的老妇人告诉玛利亚和涟自己叫娜丁·埃尔斯伯格。

她的独生子名叫奥斯瓦尔德，是萨拉的丈夫，现在正在外面上班。

在娜丁和萨拉的带领下，玛利亚与黑发下属来到一间天井式客厅。

从玄关进屋，左侧是窗户，窗前放着个不高的攀爬架，像是铝质的。

右侧摆着桌子和沙发，与墙的间隔只能容一人通过。应该是为了方便娜丁的轮椅从客厅中央通行而特意摆到墙边的。

对面的墙右边角落有一扇带玻璃窗的门，估计通往厨房或车库。没有踢脚板的楼梯从门近旁沿墙斜着向左上方延伸到二层。

二层的墙壁呈向里侧略微凹陷的形状，形成类似阳台的带护栏的空间——似乎是走廊。从客厅仰头向上看去，在护栏里边，走廊两端的墙上各有一扇门。应该是个人房间或客房。

楼梯正下方放着带拉门的柜子，看样子是收纳柜。柜子左边立着吸尘器，右边立着个竖长大包。

柜子上面差不多正中间的位置装饰着相框，右边放着一台电话机。黑色的电话线用五金配件固定到楼梯踏板背面，顺着墙延伸到柜子背后。

粗略环顾一圈，没有发现虐待行为的痕迹。

相框、电话机、柜子旁边的吸尘器和包都没有太大的位置偏移或损伤。攀爬架、桌子和沙发也都平行或垂直于墙壁摆放。

地板是木质的，上面只能看到一些擦伤，应该是轮椅和攀爬架摩擦地面导致的。

墙上到处可见粉色、蓝色、橙色等各种颜色的浅浅污痕，不知是不是擦除孩子的涂鸦留下的痕迹。没有发现新鲜血痕。要说接近的，也就只有电话线插座附近像是擦除蜡笔涂鸦留下的黑乎乎的擦痕了。

"我丈夫七年前病故了。"娜丁以从容不迫的语调讲述着，"那之后我在I州老家独居了一段时间，但我这副身体生活中多有不便，儿子、儿媳看不下去，就把我接到这边来了。丈夫去世后第二年，正好是气囊式飞艇问世的那年……算下来已经过了六年。那年正好多萝西出生，他们本来就够辛苦的了……我真的是一直在给他们两口子添麻烦。"

萨拉沉默不语。她推着轮椅前进时，右脚略微拖着地。从那张阴郁的脸上，玛利亚感觉不到喜悦、幸福感之类的正面情绪。

柜子上面的相框让玛利亚莫名有些在意。她离开涟身旁，凝神端详相框。背后传来"玛利亚，不要擅自脱队"的牢骚声，她郑重地无视掉了。

以住宅与蓝天为背景，照片里的男女三人——准确地说还要加上一个婴儿——排成一排。典型的全家福。

"中间这位就是令郎吗？"玛利亚问道。

"嗯，是啊。"娜丁一脸怀念地答道。

照片中间站着一个三十岁上下、中等身材的男人。金发碧眼，眉目与娜丁颇为相似。原来他就是娜丁的儿子奥斯瓦尔德。他满面笑容，看上去人不错。

他右边是娜丁。她坐在轮椅上，露出和蔼的微笑。

左边是萨拉。她对着镜头展露出沉静、收敛但十分鲜活的笑颜。

从黑色的长发、棱角分明的五官、左眼下的泪痣来看，的确是萨拉本人。然而照片中的萨拉表情里满溢着幸福感，与此时此刻握着轮椅把手的萨拉给人的感觉截然相反……刚才感受到的不协调感就来源于此吗？

萨拉抱在胸前的小婴儿呆呆地睁着眼睛。容貌与母亲很像。这孩子就是多萝西吧。

根据娜丁方才的讲述，这张照片应该是在多萝西出生后不久拍的，大约是在五年前。

从那时起到现在，这些年间，是什么令萨拉发生了如此改变？仅从照片来看，这家人根本不像关系恶劣的样子。

"我这副身体不太方便……萨拉，之后就拜托你了。"

"好的。"萨拉轻轻松开轮椅把手，"我女儿的房间在二层……请跟我来。"

由萨拉领着，玛利亚和涟一起去往二层。

楼梯尽头处，楼梯平台靠近客厅这边的角落里放着一个带抽屉的柜子，高度差不多到涟的腰。柜子上面放着一台电话机，形状和一层的那台一样。看来是收纳柜兼电话台。没看到插座。电话线沿护栏伸到楼梯这边，爬过踏步板边缘，从两级台阶之间伸进楼梯里面。应该是从一层那台电话机分线过来的分机。

萨拉敲了敲从客厅看到的两扇门中离楼梯平台较近的那一扇。

"多萝西……来客人了。我进去了啊。"

不等对方回答,她就打开门进了屋。玛利亚和涟紧随其后。

小小的桌椅、架子上摆着的白色绵羊玩偶、浅桃色窗帘,房间朴素又透着些许孩子气。

一个小女孩仰面躺在墙边的床上。

她有着深褐色眼睛和黑色头发,肤色略深。看样子遗传母亲比较多。虽然是圆脸庞,但五官酷似萨拉,活脱脱就是刚才那张照片里的婴儿长大后的模样。

她脸上没有伤痕,从肩膀到脚都盖在被子里,也看不出睡衣的图案。

女孩缓缓扭动脖子。

她转头朝向涟一行人,眨眨眼睛……她活着。

不一会儿,女孩轻启嘴唇,问道:"大姐姐,你们是谁呀?"

"我们是警察。"玛利亚单膝跪到床边,"我是玛利亚,那边那个人是涟。你好呀。今天我们过来,是有些事想要问你。你叫什么名字?"

"多萝西。"

"这样啊,你叫多萝西呀。你喜欢绵羊吗?"玛利亚看着架子上的玩偶问道。

女孩无言地点点头。

"你今天怎么啦,身体很痛吗?"

多萝西不回答,只是用怯生生的眼神注视着玛利亚这边——准确地说,是注视着母亲萨拉。

"埃尔斯伯格女士,十分抱歉,能请您暂时回避——"

"不行。"萨拉语气强烈地打断涟的话,"我女儿……身体不舒服,不能让她在没有家人在场的情况下接受过于严格的询问。

请别再为难我们。"

"多萝西,只要一会儿就好,你能坐起来吗?"玛利亚对萨拉的话置若罔闻,继续询问女孩,"我稍微懂点医学,能让我看看你的胸口和肚子吗?"

"刑警小姐,我都说了——"

"不行。"多萝西依旧钻在被窝里,头摇得像拨浪鼓一样,"妈妈说不可以在不认识的人面前脱衣服……所以不行。"

"问完了吗?"萨拉的声音比刚才冰冷许多,却微微颤抖着,"您之前说的是'让我们看她露个脸就行'。再继续打扰我女儿休息的话……我就请律师了。"

"让警察看你女儿的身体,会对你有什么不利吗?"

"警监,"涟抓住玛利亚的肩膀,对她的称呼变成了警衔,"只能到此为止了。不然我们可能真的会被起诉。至少应该先取得搜查令。"

"你这人可真是——"

她不清楚 J 国关于搜查令的规定有多严,但这里是 U 国。极端情况下,搜查员只要提出相应的理由,即使没有搜查令也能轻而易举给人戴上手铐。

只不过逮捕某人与对该人下达有罪判决完全是两码事。

在现阶段,没有任何确证能证明埃尔斯伯格家存在虐待儿童的行为。若是操之过急,导致法院判断"搜查程序存在瑕疵",便前功尽弃。正如黑发下属所说,自己和涟站上被告席的可能性也绝对不低。

而且,已经得到最低限度的必要情报了。

右手在不知不觉间已紧握成拳。玛利亚松开拳头,长呼一口气后向女孩说道:"多萝西,要是发生了什么事,就打电话给九一一。我和涟，还有F警署的其他警察会立刻赶过来帮你的。"

沉默许久后，多萝西点点头说："嗯。"

玛利亚和涟离开房间来到走廊——几乎是被赶出来的。萨拉只说了句"请在楼下稍等片刻"，就从里面关上房门。

"妈妈……"

"没事了……乖孩子真懂事，真了不起……不怕不怕，没事的……"

门缝里传出说话声。在对方发觉有人偷听之前，玛利亚和下属一起走下楼梯。

回到客厅时，娜丁正坐在轮椅上等待。

尽管主动说出"配合警察工作是市民的义务"这样的话，但对于家人接受警察询问，她似乎还是多少感到有些不安。她转动轮椅的手轮圈靠过来。

"辛苦两位了。抱歉，我只能在这儿干等着……多萝西和萨拉没失礼数吧？"

"没有。我们顺利完成了确认工作。感谢几位的配合。"

听涟这么回答，娜丁脸上的愁云散去，表情缓和下来。哪里顺利了……这家伙心可真够大的。

"顺便问下，那边的房间是谁在住？是令郎令媳吗？"

玛利亚看向二层右侧那个房间的房门。

娜丁的声音略微低沉下来："是的……是我儿子的房间。"

她没说"是我儿子和萨拉的房间"。

过了一会儿，萨拉从多萝西的房间里出来，沿着楼梯走下来。娜丁凝视着儿媳，眼神里似有一抹苦闷之色。

问过多萝西的出生年月、就读的学校，以及萨拉的丈夫奥斯瓦尔德的工作单位后，玛利亚和涟从埃尔斯伯格家离开。

玛利亚坐进副驾驶座。涟又往前开了两家后再度停车，打开驾驶座那边的门。

"等等，你还打算继续查访下去吗？赶快回警署吧。"

"请不要擅自决定调查方针。还不能确定不会找到其他疑似报警人的居民。"

"你这家伙也太死心眼了吧！"

玛利亚抓过无线电对讲机的麦克风，在按下开关的同时将其拿到嘴边。

"这里是玛利亚·索尔兹伯里。已发现疑似报警人的孩子。住址是狐巢路××号，孩子名叫多萝西·埃尔斯伯格，五岁，与父亲奥斯瓦尔德、母亲萨拉、祖母娜丁住在一起。家里没有发现其他人。能腾出手来的人去联系儿童保护服务机构（CPS）。我们这边还要继续进行查访……嗯，孩子目前没事。虽然遭到她母亲的阻挠而没能问出详细情况，但她的声音和录音里的一模一样。我们只看见她的脸，没能查看身体。她母亲的态度相当可疑……如果再接到报警，请立即赶去救助。麻烦把这些情况也转达给紧急通信指令室。"

在其后的查访中，玛利亚和涟穿插着问了些问题来打探埃尔斯伯格一家的内情。

但也不能草率地指名道姓，不然难保不会兜兜转转传进萨拉等人耳朵里。他们只得止步于"是否看到过附近有人发生冲突"这类委婉的提问。

"真是够了！"又查访过几家后，玛利亚终于爆发了，"喂，涟，为什么不单刀直入地问啊？"

"我刚才解释过了，还不能确定报警人就是多萝西·埃尔斯伯格小姐。"黑发下属语气平淡地答道。

到底谁是上司谁是下属啊？每次查访时，她都想要说出埃尔斯伯格这个姓氏，却每次都被涟用各种手段阻止了。

"副署长跟我说过'以后估计要辛苦你了'……我可算彻底明白这句话的意思了。"

结果这家伙还这么直白地挖苦了一句。明明他也不是不理解玛利亚为何不满。

离开埃尔斯伯格家后直到现在，查访几乎一无所获。

大约是因为各家住宅占地面积都还算比较大，尚无人表示听见过附近有施虐的动静，也没有发现多萝西以外的疑似报警人——声音与录音相似的孩子。仅从收到的无线电联络来看，其他搜查员似乎也尚未取得显著成果……范围逐渐缩小了，从这个角度讲也许称得上顺利。

"在中午之前把这条路上的人家查完吧。"涟在地图复印件上画下标记，"还剩……二十家左右。"

"刚查了不到一半吗？"玛利亚不禁泄气，"后面都交给你了。这是上司的命令，赶紧问完回来。"

"我拒绝。你也一起来。否则我就向高层报告说你玩忽职守。"

"喊。"玛利亚咂了咂舌。她倒是一点也不怕署长的牢骚，只不过降薪是万万不愿的。

比原计划晚了大约二十分钟，狐巢路沿线的查访工作总算结束了。收获寥寥。

"休息会儿吧！我都快饿死了。"

时间已过正午。涟大概也觉得该歇会儿了，开车带玛利亚来到附近的商业街。

他们幸运地找到一家小吃摊，买好食物，准备奔赴下一个目的地。

"涟……这是要去哪儿？那边……可不是幼儿园。"玛利亚一边大口吃着鸡肉饭一边问道。

涟咽下嘴里的热狗，灵巧地用餐巾擦擦拿热狗的那只手和嘴角。

"奥斯瓦尔德·埃尔斯伯格的工作单位。我有些事想要确认。"

※

"多萝西？"奥斯瓦尔德·埃尔斯伯格诧异地问道，"不，她从没有过什么异常之处，今天早上也一切正常……出了什么事吗？"

他看起来三十五岁上下，比起照片里的模样，年纪显得大一些，体形也更胖，但那酷似母亲的金发碧眼的模样，与照片里如出一辙。

下午一点，F市东北部，铁路终端大道沿线的汽车维修工厂。

在国土辽阔的U国，跑到离工作单位很远的餐厅吃午饭也是常有的事，但下午迟到一两个小时的问题员工到底是少数。他们估摸着只要在午休快要结束的时候去工作单位守株待兔，用不了多大工夫就能堵到他，结果不出所料。

把一脸困倦的玛利亚晾在一边，涟说明起情况："我们接到疑似从贵宅附近打来的报警电话称有人虐待儿童，对此您有什么头绪吗？您的孩子，或者街坊邻居的孩子，有没有什么不对劲的地方？"

涟故意问得很含糊，奥斯瓦尔德却摇摇头，斩钉截铁地否认了。

"我出门上班的时候，家事由萨拉一手包办，家母也是她在照顾。邻居的家庭情况我不太了解……但唯独我家绝不可能有虐待这种事。萨拉那么温柔，怎么可能对多萝西……如果因为女儿的事感到烦恼，她应该会找我或者家母商量……多萝西也是，要是被萨拉那样对待，应该会跟我说的。"

"你今天早上是几点从家里出门的？"玛利亚厉声问道。

"啊？"奥斯瓦尔德一时语塞。

眼前的红发美女衣衫不整，看着跟警察这一职业八竿子打不着，方才还昏昏欲睡，此刻却出其不意地以质问的语气抛出问题，这似乎带给他不小的冲击。

"早上七点五十分，和平常一样。这有什么问题吗？"

"哦。"

模棱两可地应了一声后，玛利亚再次眯起眼，用红宝石般闪耀的眼睛上下打量奥斯瓦尔德。

涟领会了玛利亚的意图。报警电话是在早上七点五十三分打来的，如果奥斯瓦尔德所说属实，那么他在指令室接到那通报警电话之前就已离家，不知道自己出门上班后多萝西身体变得不舒服也说得通。

而且，虐待往往在其他家庭成员看不到的地方进行。受害者自己闭口不提的情况也并不少见。

奥斯瓦尔德的这一串应答，完全就是爱着——甚至有些溺爱家人的丈夫的表现。继续追问多萝西的事恐怕也不会有多少收获。涟换了个问题。

"恕我冒昧，请问您夫人是哪里人？"

奥斯瓦尔德皱起眉头。

"萨拉是哪里人……跟你们刚才说的报警电话的事有什么关系？"

"不能断定没有。经常有人打恶作剧电话给九一一。虽然这些人大多是图好玩，但为了逃离切身的困境，或是求助官方机构而报假警的情况也不在少数。比如说，在幼儿园或学前班遭受着痛苦，诸如此类。"

涟感到身旁的玛利亚似乎身体抽动了一下。

沉默降临。过了一会儿，奥斯瓦尔德吐出一口气。

"这样啊。你是想说，我女儿可能正遭受欺凌，为此感到痛苦，所以报了假警？"

"这只是我的臆测罢了。"

"没关系，反正我不说你们也早晚能查到。萨拉是 A 州本地人。我去 S 市玩的时候，遇见她在售卖民间工艺品，那是我们恋爱的开始。一晃都过去十多年了……"

S 市是位于 F 市和 A 州首府 P 市之间的旅游胜地，拥有许多灵修主义者所谓的能量景点，这些能量景点也作为原住民的圣地而知名。

"也就是说……"

"是的。"奥斯瓦尔德点头道，"她是原住民血统。'萨拉'是她的 U 国语名字，她说她的家人都叫她'迪贝'。"

"不过，她不太愿意提起小时候的事，只告诉我说她十八岁时父母双亡，于是离家到镇上打工。也是由于这层原因，家里人当初不太赞成我跟她结婚。家父直到最后都坚决反对，嚷嚷着'绝不允许这种来历不明的原住民嫁进埃尔斯伯格家'。明明我家也不是什么名门望族。"

大概是想起当时的情形了，奥斯瓦尔德那张温和的脸扭曲了一瞬。

"令堂是什么态度？"

"她起初不乐意，但很快就开始祝福我们，成了家里对我们结婚的事最积极的人。她说：'出身、肤色都无关紧要。人人生而平等。'要不是家母力排众议，没准现在埃尔斯伯格家的人都已经跟我断绝关系了。"

从他话语的细微之处可以感受到，其亲属的白人至上主义观念已深入骨髓。娜丁恐怕是唯一支持他与萨拉结婚的人，他之所以接娜丁住进家里，是因为想要报答她的恩情吗？

"在您看来，夫人是个怎么样的人？"

"她是个温柔的女人。"奥斯瓦尔德不假思索地答道，"她对我很体贴，也很宠多萝西，还爽快地接下了照顾家母的任务——温柔到了无私的程度。说她虐待多萝西简直就是天方夜谭。要说是多萝西的恶作剧电话，倒是可信得多。"

温柔而无私吗？

——打扰我女儿休息的话……我就请律师了。

与上午登门时感受到的阴郁可怖的形象大相径庭。还是说，奥斯瓦尔德身为萨拉的丈夫，能看到她不为外人所知的一面？

"那么，"玛利亚直白地问出涟心中的疑惑，"现在的萨拉，在你眼里又是什么形象？"

奥斯瓦尔德倒吸一口凉气。

"'现在的',是指?"

"我们上午刚去你家查访过。你夫人一副思虑过度的样子。发生了什么?你那么爱她,可别说没注意到她的变化啊?"

奥斯瓦尔德低下头。足足十几秒后,他才再度开口。

"我也不太清楚。从大约半年前起,她的笑容变得不大自然,总感觉她有事瞒着我。她还借口方便照顾母亲,独自搬去一楼睡觉了……多萝西也很寂寞。起初我猜她是不是出轨了,可唯独她是绝不会做出这种事的,再说她白天要照顾多萝西和家母,忙得不可开交,哪儿有出轨的机会……虽然我刚才否认了,不过姑且不论有没有到虐待这么严重,也许她真的在为多萝西的事烦恼。"

来找我询问的事,希望你们能对我的家人保密——奥斯瓦尔德最后如此叮嘱道,然后就回去工作了。

在那之后,查访仍在继续。

多萝西·埃尔斯伯格就读的幼儿园正在放暑假,但或许是在为新学期做准备,校舍里有将近十名教职工。

涟与玛利亚一起打听了一番孩子们的人际关系——有孩子报警称自己遭到虐待,对此您有没有什么头绪?

教职工们断然否认,不过其中几人提供了与多萝西有关的证词。

他们说,从大约半年前起,多萝西变得不爱笑了,经常躲开其他孩子一个人待着,看到母亲来接自己就一脸痛苦。

回警署的路上,涟无言地握着方向盘,副驾驶座上的玛利亚突然开腔。

"涟,没想到你居然能看出萨拉·埃尔斯伯格的出身。"

"这可能算是种刻板印象——看她头发和眼睛的颜色,还有长相,就觉得像是原住民。另外,从某种角度而言,我也是她的同类。"

的确——玛利亚轻声说道。看来她也早有察觉。

涟听一位 U 国朋友说过,U 国的开拓史,亦是对原住民进行掠夺、虐杀与奴役的历史。如今人们理所当然地宣扬着种族平等的理念,但理想与现实终归有差距,特别是对原住民,U 国人在心存愧疚的同时,却又总是带着几分轻蔑。

"这次的事你怎么看?你要真认为是多萝西的恶作剧电话,应该会在找奥斯瓦尔德询问萨拉的出身之前,先去幼儿园打听多萝西的处境吧?"

涟没有正面回答玛利亚的问题。

"不知你有没有注意到,在埃尔斯伯格家,萨拉推着婆婆的轮椅走路时,一只脚略微拖着地?另外,在楼梯下面的柜子旁边,放着高尔夫球包。"

立在柜子旁的竖长大包。但凡对体育运动稍微有点兴趣的人,都能一眼看出那里面装的是什么。

那大概是奥斯瓦尔德的爱好吧。地图显示,狐巢路附近就有高尔夫球场。

"你是想说,遭受暴力的不是多萝西,而是萨拉?不是母亲虐待女儿,而是丈夫殴打妻子?"

涟默不作声。

他不知道该回答什么。脚上的伤、高尔夫球杆——这些都带有那起案件的影子。最终,他开口指出另一个问题。

"大家都想当然地认为报警人要表达的意思是'自己受到母亲的虐待',但这种看法其实毫无根据。能听清楚的单词只有四个：'Help'（救命）、'Beaten'（被打）、'mom'（妈妈）和'killed'（要死了）。从录音里根本听不出这些单词之间应有的介词，或者起类似作用的语句。"

如果报警人真正想说的不是"被妈妈打了，要死了"，而是"被打了……妈妈就要死了"，那么这通报警电话的含意就截然不同了。

玛利亚和涟离开幼儿园时收到其他搜查员的联络，说在儿童咨询机构也没打听到关于多萝西的情报。

"多萝西不是想逃离母亲，也不是在恶作剧，而是为了帮助母亲才拨打了九一一，中途遭到妨碍。妨碍者恐怕就是她的父亲。"玛利亚自言自语般地说，"奥斯瓦尔德说他是七点五十分——指令室接到报警电话的三分钟之前出门的，那他是在说谎？"

"姑且假设他的确对妻子实施了暴行，那么他实际上是在那几分钟之后出门的吧。晚个五六分钟到单位而已，没人会注意的。"

又不是人人都像你——涟把这句话憋回心里。

打盹、睡懒觉、衣衫不整、没礼貌，上一秒还缺乏干劲，下一秒就横冲直撞。入职不到两天，涟就见识到这个叫玛利亚·索尔兹伯里的红发上司如此之多的缺点。

不过，他也窥见了她的其他侧面。

她靠录音里那一丝声音就能锁定报警人所在地，看穿埃尔斯伯格家的孩子在家，温柔地对待多萝西，刚才还认真分析着涟的观点。

就凭这种工作态度，像她这么年轻的人到底是怎么升上警监这个职位的？是威胁署长才得以晋升的吗？他几乎要把这离谱的想象当真了，却意外地发现事实也许并非如此。

"奥斯瓦尔德当初不顾家人反对也要与萨拉结婚，为什么后来又开始虐待她呢？"

"不知道。也可能他从一开始就打心底只把妻子看作'卑贱的原住民'。"

前挡风玻璃上映出副驾驶座的景象。玛利亚表情扭曲。

"娜丁·埃尔斯伯格眼睁睁看着儿子施暴，却因为残疾和体格差距而无法阻止。奥斯瓦尔德提到萨拉换了房间，如果是娜丁建议她这么做的，一切就都说得通了。也许这是娜丁能采取的唯一对策。而萨拉本人也选择沉默到底，可能是因为无法彻底舍弃对丈夫的爱，也可能是害怕会和女儿骨肉分离。"

都是臆测。

目前，这些都只不过是根据状况证据做出的推测。即便言中，由于萨拉本人守口如瓶，在找到确凿的证据前也无法进行实质性干预。就连报警人是多萝西·埃尔斯伯格这个大前提，依据也只是声音相似而已。

"近期再去一趟埃尔斯伯格家，把多萝西小姐的声音录下来吧。做个声纹分析，就能确认她是不是报警人。让奥斯瓦尔德知道警察盯上这个家了，没准也能起到些震慑作用。"

"有道理。"

玛利亚答道，声音里透着焦躁。

※

涟的提议没能实现。

两天后，玛利亚和涟按警署规定办完事务手续，正要出发去埃尔斯伯格家时,娜丁惊叫着打来求救电话。

——我孙女倒在血泊里,快叫救护车,她快死了。

3

"骗人的吧。"

玛利亚站在埃尔斯伯格家的客厅里茫然四顾。

犹如暴风雨过境般满地狼藉。

房间左侧,二层楼梯平台的斜下方,攀爬架已面目全非。骨架一角大幅凹陷,像是有什么重物从上面砸下来把它压扁了,有的杆子接头处都折断了。这副惨状称之为半毁也不为过。

杆子上以及接头处遍布红颜料般的痕迹……是萨拉的血。

电话听筒从楼梯护栏的间隙垂下。本应放在小柜子上的电话机好像掉下去了,从一层这里看不见。小柜子本身的位置相比前几天也有细微但明显的斜向偏移。

右侧靠里的地方,离沙发和桌子较远处的地板上,可见尚未干透的血泊和细小的血沫。一线血迹一直延伸到楼梯口那边……是多萝西的血。据说是头部出的血。(见图六)

这对母女不在这里。急救人员和警察第一时间赶到这里时,两人都已丧失意识,被抬上担架送往医院。

两人的情况都不容乐观——这是急救人员送她们去医院前留下的话。

为什么?

她明明告诉多萝西"要是发生了什么事,就打电话给九一一……为什么会变成这样?

"这干的……这干的都是什么事啊!"

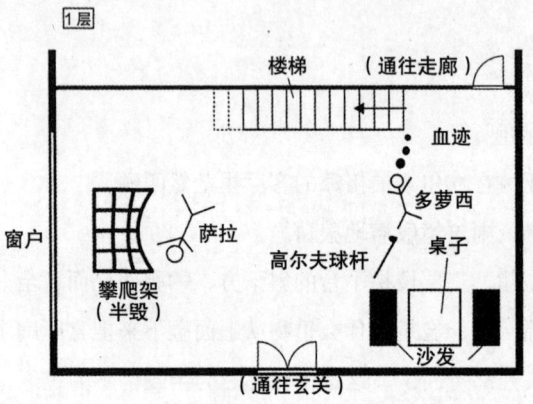

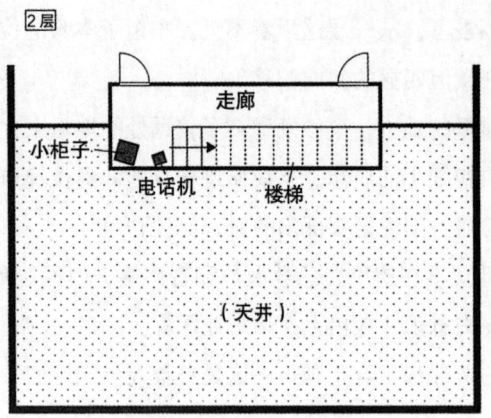

图六 客厅示意图（发现时）

客厅窗边的角落，娜丁只在睡衣外套了件夏季针织衫，坐在轮椅上掩面哭泣。

"容我再询问一遍。"涟在她面前屈身蹲下说道，"请告诉我您拨打九一一前的经过，包括儿媳和孙女的状态。尽可能说得详细些。"

娜丁呜咽着开始讲述。以下是她讲述的事情经过。

娜丁七点起床，和奥斯瓦尔德、萨拉、多萝西一起吃早饭。吃完后，萨拉收拾好餐具，多萝西似乎身体还是不太舒服，回房间休息。

七点五十分，奥斯瓦尔德出门。此时儿媳和孙女都还没什么异常。

九点左右，娜丁在萨拉的帮助下回到自己的房间，躺到床上。她每天都要从这个时候小睡到十一点左右。

唯独今日不同。

刚躺到床上没多久，她就听到客厅传来惨叫和一阵声响。

她喊萨拉，却不见回应。她感到不安，便艰难地自己坐上轮椅，打开通往客厅的门，看到多萝西倒在楼梯附近，高尔夫球杆掉在脚边，萨拉则倒在半毁的攀爬架旁。

"您从起身到进入客厅，大约花了多长时间？"

"二十分钟左右吧。之后，我光是打电话就耗尽力气了……我打了九一一，还给儿子的工作单位打了电话……"

警方接到娜丁的求救电话是在九点二十二分。涟让玛利亚坐上副驾驶座，面无表情地发动汽车，大约十分钟后赶到埃尔斯伯格家。那时路边已停有救护车和几辆警车。

"可以认定凶器就是这个。"

鲍勃·杰拉德验尸官盯着地板一角。

一根高尔夫球杆掉在沙发附近的地上——是一号木杆。

"这上面沾着头发……从颜色和长度来看，十有八九是小姑娘的。"

往楼梯下面一看，柜子旁边的高尔夫球包打开了，能看见里面装着几根高尔夫球杆。凶器似乎是从这里面拿的。

"不过这次基本轮不到我出场啊。毕竟人还没死……真是的，让不准确的情报给骗了。本来不用这么着急地赶过来的。"

"那就去拍现场照片，一个角落都别漏掉。"

对于鲍勃的无聊玩笑，此刻的玛利亚完全笑不出来。

"明白。"鲍勃答道，走向鉴定官们那边。

从窗外传来汽车发动机的声音。不一会儿，伴随一阵急促的脚步声，奥斯瓦尔德冲进客厅。

他一脸茫然地依次看向地板上的血、高尔夫球杆、从楼梯垂下来的电话听筒和压扁的攀爬架，最后与涟身旁的娜丁视线交会。

"妈！萨拉她……还有多萝西……"

"送到医院了……奥斯瓦尔德——"

后面的话语淹没在呜咽声中。

"总之，两位也先去医院吧。"

涟对娜丁和奥斯瓦尔德催促道。在身着制服的警官的陪同下，这对母子离开了惨剧现场。

玛利亚和几名鉴定官留在客厅。几分钟后，黑发下属回来了。

"玛利亚，刚才有人发来无线电联络说，已经确认前天的报警电话是从埃尔斯伯格家打来的。"涟语气平淡地说道。

玛利亚双手揪起下属的衣领，顺势把他摔到墙上。背后的鉴定官似乎说了些什么，她充耳不闻。

"什么叫'只能到此为止了'？如果那时候你没有阻止！如果我确认了多萝西的身体状态！如果把萨拉保护起来！事情就不会变成这样！"

"然后由于非法逮捕与证据不足，对方也不会受到多大处罚，很可能最终还是会发生同样的惨剧。"涟用没有起伏的语调答道，"警监，'如果'对我们的工作毫无意义。我们能做的，只有遵照法律调查并处理已经发生的事件。再说，是多萝西小姐自己拒绝让我们查看身体的，强行脱掉她的衣服的话，也许我们反而会遭到谴责。"

"别自以为是地说教个不停！你是想说自己没有责任？！"

"如果我的话在你听来是这个意思，那就这么理解也无妨。"

玛利亚惊得屏住呼吸。

黑发下属的声音平静无比。从他的表情里，从眼镜后的双眼之中，都窥不见一丝情绪——连吃惊与嘲讽都没有。

玛利亚揪着涟衣领的手松了劲。

她看不透涟的心思，但明白了一点——直面会令感情动摇的事态时，黑发下属会是这副表情。与她正相反。

而且，是她自己听取涟的忠告决定撤离的。迁怒下属也无济于事，归根结底，这是她自己的选择导致的结果。

玛利亚松开手。涟立即正了正西服衣领。

"那么，现在要怎么做？"

怎么做？

这还用说吗？

"这次一定要抓住真正的凶手。"
・・・・・

※

真正的凶手？

"玛利亚，我确认一下。"涟向眼含愤怒的红发上司问道，"你这话的意思是，并非萨拉·埃尔斯伯格殴打了多萝西小姐吗？"

"要是听不出这个意思，你那两只耳朵就该赶紧卸下来送去修理了。"

"根据现场状况和证词，也可以认为是萨拉对多萝西施加了过于严重的暴力，承受不住良心的苛责——可能是误以为自己杀死了多萝西——从二层跳了下来。"

"你是眼瞎吗？"

玛利亚吐出这么一句，转头看向压扁的攀爬架。

"看清楚，从二层的楼梯平台往下看，攀爬架在斜下方。她为什么要往那个方向跳？难道是特意瞄准攀爬架跳下去的？再说，她要是真想死——"她停顿了一瞬，继续说道，"二层到一层，从这种不上不下的高度跳下来，还不如去厨房拿把菜刀抹脖子来得靠谱。"

"我认为人在失去理智的状态下，也可能会一时激动而选择最简单的方法。"

涟嘴上反驳，却也无法彻底否定玛利亚的观点。

姑且不论自杀的方式，用"恰巧位于萨拉坠落的地方"这种理由来解释攀爬架的位置，的确有些不自然。

但是——

"假设萨拉·埃尔斯伯格不是一时激动跳下去的，那你觉得这间客厅里实际发生过怎样的事呢？根据证词，我们接到求救电话时,除了萨拉和多萝西以外,只有娜丁·埃尔斯伯格在案发现场。难不成是她坐着轮椅上到二层,把萨拉推落到攀爬架上的?"

不知是不是被戳中了痛处,玛利亚从喉咙发出一声哼哼。

"为了确认,我查阅过娜丁的就医记录。十五年前,她在当时的居住地 I 州遭遇交通事故,确诊为下肢瘫痪。搬家后,她在 F 市的医院继续进行治疗和康复训练,但主治医生表示她的步行能力一点也没恢复。一直到七年前,她的丈夫都还健在。基本可以排除她假装没有痊愈的可能性。"

"你什么时候查到这种事的?"

"昨天,你把杂事都推给我,自己去了酒吧之后。"

玛利亚脸上浮现出错愕、震惊与一丝内疚交织的表情。

涟兀自继续说道:"如你所见,客厅里没有电梯也没有斜坡。双腿残疾的娜丁·埃尔斯伯格上到二层推落萨拉,几乎是不可能的。"

"能如此断言吗?没准她是匍匐前进着爬上楼梯的啊,或者顺着坏掉前的攀爬架爬上去——"

"刚才我近距离询问过她。她看上去可没有肌肉发达到能只靠双臂在一层和二层之间爬上爬下的程度,平时应该是儿子、儿媳帮她活动的。退一万步说,她能做到的充其量也就是挥舞高尔夫球杆。而且,要是在楼梯爬上爬下,不仅上半身,下半身的衣服也会乱掉。但就我所观察到的,她的衣服上没有明显的褶皱。攀爬架就更别提了,就算爬到顶上,没法站起来的话,伸手根本够不到二层。再说,即便能上到二层,娜丁也没法用腿。无论从身体条件还是体力来看,我都不觉得她能把萨拉推下去。"

"啊啊,真是的!"玛利亚把头发揉得一团乱。

看来这位有敏锐之处的上司，也经常会因为过于冒失而在关键时刻掉链子。此时她正一脸怨气地瞪着涟。

"你为什么观察得这么仔细啊？反而让人感觉你从一开始就在怀疑娜丁。"

"我只是预先估计你大概会要求我提供哪些情报，提前收集好而已。"

玛利亚也并非完全没怀疑过娜丁。

前天在大门前的对话中，关于她和涟来访的理由，娜丁应该只听见了"作为搜查的一环，想见多萝西一面"这个信息。尽管如此，她却没有深究就放他俩进了屋，就好像预料到警察会来，刻意表现得问心无愧一样。

但既然娜丁无法靠自己的力量在一层和二层之间往来，她弄昏孙女和儿媳的说法就是一派胡言。

"那奥斯瓦尔德呢？"

"根据收到的无线电联络，有多名员工和顾客做证说，他从八点十几分到岗后，到接到母亲的电话，一直都待在单位，没有外出过。"

"铜墙铁壁般无懈可击的不在场证明。"玛利亚语带嘲讽地说，"有没有娜丁和奥斯瓦尔德以外的第三者，比如强盗之类的人闯入的痕迹？"

"没有。"涟看向客厅的窗户，"如你所见，窗户玻璃完好无损，而且窗户上着锁。第一批人员赶到时，大门也关着，听说是娜丁开的锁。"

在外面巡视了一圈的警官表示，家里的窗户，包括二层的在内，没有一扇破损。

而且，这要是外人干的，那么娜丁听到的惨叫和声响也太短促了,这点不合情理。萨拉和多萝西也不呼救,就这么毫不抵抗地任人施暴吗?

涟思索之时,红发上司叉腿站立,凝视着客厅右侧靠里的地方。

地板上的血有一部分还未干透。除了愤怒,玛利亚心中还涌动着何种情绪,刚刚成为搭档的涟无从知晓。

这时,红发上司忽然睁大眼睛。

"玛利亚?"

玛利亚无视涟的疑问,突然趴到地上。

她朝着楼梯口的方向向前倾倒,双膝跪地,上半身贴到地板上,歪着头定睛观察地板。

见上司突然做出如此奇特的举动,淡定如涟也不敢贸然搭话。周围的鉴定官们却习以为常,只是不慌不忙地提醒道:"啊,别把那边弄乱了。"

几十秒后,玛利亚站起身来,一脸严峻的表情。

她定定地看着二层,食指抵在下巴上喃喃道:"等等,可是为什么……"这好像是她想事时的习惯动作。她用微不可闻的声音不停咕哝着什么。

红宝石般闪耀的眼眸又看向攀爬架。几秒的沉默过后,红发上司的手指离开下巴,形状好看的嘴唇吐出细弱的呻吟。

"原来是这么回事!"

玛利亚招手让一位鉴定官过来,指着地板盼咐了些什么。"明白了,会照办的。""谢谢。"跟年轻的鉴定官说完事后,玛利亚转身朝向涟。

"回警署了。去准备开车吧。"

"这就回去吗?"

"嗯,抓到狐狸尾巴了。之后鲍勃他们自会按住其身体,扼住其咽喉。我们这边也要做好准备。走,回去重新确认录音。"

4

次日——

"那个……到底是有什么事?"在玛利亚和黑发下属面前,娜丁略显痛苦地皱起眉,"而且还不是在医院,而是在这里。"

仅仅一天工夫,轮椅上的老妇人看起来像是一下老了十岁乃至二十岁。或许是没睡好,她脸色很差,声音也有气无力。

"是啊,能不能至少换个地方?"

旁边的奥斯瓦尔德声音倒是中气十足,眼睛周围却挂着浓重的黑眼圈,脸颊好像也有些消瘦。不知是因为担心母亲还是畏惧警察,尽管现在是工作日的上午,他还是应警察的传唤过来了。但从他那带着疲惫与颤抖的声音背后,仿佛能听到"放我一个人静静"的哀号。

然而玛利亚这边也不能就此退缩。

"我理解你们的心情,不过还是需要你们配合一下,以便弄清楚昨天这里究竟发生了什么。"

他们聚在埃尔斯伯格家的客厅。

用作凶器的高尔夫球杆和二层的电话机被鉴定科的人收走了,但半毁的攀爬架仍原样未动,地板上也还残留着多萝西的血。昨天尚未干透的血迹,在一天之后已经完全凝固,颜色变深了。

"问我们有什么用……警察应该可以直接去问萨拉吧?"

"很遗憾,以她目前的状态还无法接受询问。"涟把奥斯瓦尔德的问题搪塞过去,"因此,有必要在两位——特别是娜丁夫人的记忆变模糊之前,还原案发当时的状况。我明白这对两位来说会很难受,但为了查清真相,还请两位配合我们。"

或许是俨然律师一般的形象起了作用,他的话虽然语调平淡,却有种让人无法说"不"的奇异说服力。玛利亚觉得自己窥见了这个来自J国的黑发下属能在异国他乡从事警察一职的部分理由。

涟的话也的确没有半分虚假。萨拉虽然保住一命,但伤势严重,包括头部在内,全身多处受到打击伤,伴随右手腕和肋骨骨折。据说她有意识模糊的症状,目前仍无法会面。

而多萝西至今仍处于昏迷状态,徘徊在生死边缘。昨晚医生表示,她恢复与否的概率五五开。

沉默片刻后,娜丁重重地叹了口气。

"知道了。配合警察工作是市民的义务啊。"

"感谢您的配合。那么……是在那边对吧?"

涟领头走向房间右侧靠里的那扇门。奥斯瓦尔德走到娜丁背后,推动轮椅。玛利亚也看着地板上的血迹跟在三人后面。

娜丁的房间里立着陈旧的书架,挂着有些年头的挂钟,整个房间给人的印象与房间主人毫无二致。

摆在墙边的床到处掉漆,看样子自娜丁遭遇事故以来已经使用多年。奥斯瓦尔德抱起母亲,将她放到床上。

"实际上……我当时是钻在被窝里面的。"

"没关系,用不着还原得这么细致。轮椅当时放在哪里?"

娜丁指指床边。奥斯瓦尔德把轮椅斜着推过来,动作生疏地拉好侧面的手刹。

涟卷起一只袖子，露出手表。玛利亚斜眼盯着秒针的走动，在秒针指向十二的瞬间喊道："好，开始吧。"

娜丁应声缓缓起身。

"听到声响后，我还在床上愣了一会儿，纳闷那是什么动静。然后——"

她用双手依次将无法活动的双腿挪到床外，坐到床边，抓住轮椅扶手。然后，她双手支撑着身体起身，随即扭转身体，臀部摔到轮椅上。

动作还算娴熟，但速度绝对称不上快。反过来说，也不像在故意拖延时间。看来她一个人从床上起身坐到轮椅上，还是相当费劲的。

涟无言地舒展五根手指。截至这一步用了五分钟。

娜丁稍稍调整呼吸，转动轮椅两侧的手轮圈向房门前进。"妈——"奥斯瓦尔德不由自主地想要跟过去，又咬着嘴唇停下脚步。

娜丁上身前倾，握住门把手转动。她用手抵在打开的那条细缝间，把轮椅后退一点，打开门。门打开后，她控制轮椅前进来到走廊。玛利亚夹在她和奥斯瓦尔德之间，跟在她后面走着。

用同样的方法打开通往客厅的门后，娜丁来到昨天的惨剧现场。

"十一分钟。"涟小声汇报。

"刚进客厅，我就看见多萝西——看见我孙女惨不忍睹的样子。我理解不了眼前的景象，连惨叫声都发不出来，只是茫然地环视客厅，又看到窗边的攀爬架旁边，萨拉她……"

娜丁以手掩面，几十秒后才再次抬起头来。

"抱歉……还没结束呢，我就……"

"没关系。然后呢?"

"忘记是发了多久的呆……我意识到得赶紧打九一一,慌忙往电话那边去。"

娜丁斜视着楼梯口,控制轮椅前进——又突然停下动作。

总算注意到自己的失策了啊。

"怎么了?请还原到拿起电话听筒那一步。孙女和儿媳可快要没命了,你很慌张吧?这不是该在意血迹的时候吧?"

娜丁没有答话。

奥斯瓦尔德瞠目结舌,交替看向默默颤抖的娜丁和地板上残留的血迹,最后与母亲一样面色铁青。

"明白了吗?"

涟出示了一张照片。

照片拍的是客厅一角,从多萝西倒下的位置到楼梯口处的地板。

整体环境很昏暗。灯关着,窗户也没有透进光来。然而地板的某些地方却隐约发出光亮。多萝西倒地处和楼梯口跟前都散布着许多不规则的光点,像是喷上了荧光涂料一样。多萝西倒地处的光点分布较广,亮度较强;楼梯口跟前的光点分布稀疏,亮度较弱。

其中还有一些光点呈脚印形状,犹如踩着溅到地板上的油漆走过去留下的痕迹。

"这是鉴定科在案发当天拍的照片。这些光点是鲁米诺反应的现象。在血液中所含铁质的催化下,试剂会发生化学反应并发光。即便是肉眼难以辨认的血迹,也能在遮光环境下鲜明地呈现出来。如您所见——虽然这样形容不太合适——血液漂亮地飞溅到了楼梯口附近。有一部分脚印是赶来的急救人员和警察留下的。但是，娜丁夫人，从这里面根本找不到您的轮椅留下的痕迹。"

"刚才你亲自还原了一遍。"玛利亚乘胜追击，"从自己的房间进入客厅后，要去电话机那边时，你打算控制轮椅通过溅有多萝西血迹的地方。我和涟都瞧得一清二楚。可在案发当天拍的这张照片里，没有一丁点轮椅驶过的痕迹。喂，你怎么绕过血迹抵达楼梯下的电话机那边的？就算能绕过去，多萝西的身体、高尔夫球杆和沙发应该也会很碍事。难不成你用了什么超能力？还是说，你是绕了一大圈，从对面那面墙与沙发、桌子之间的间隙钻过去的？从那个狭窄到只能容一人通过，轮椅压根过不去的间隙？"

娜丁紧紧咬着嘴唇，一声不吭。儿子奥斯瓦尔德也沉默无言，但与母亲形成鲜明对比的是，他的嘴不自觉地开合。

"答案只有一个。你所说的在房间里睡觉时听到惨叫和声响醒过来，是彻头彻尾的谎言。多萝西遭到殴打时，你就在客厅里。娜丁·埃尔斯伯格，老实交代吧。你为什么要说谎？是你对多萝西做出那种事的吗？"

※

"你……你在说什么啊？"奥斯瓦尔德终于回过神来，打破沉默，三天前的礼貌语气已经消失得无影无踪，"别胡说八道了。我妈打了多萝西？那是……那明明是……"

"'是萨拉干的'这种说法已经不成立了。"在涟的眼前，红发上司无情地宣告，"多萝西遭到殴打时，你母亲也在客厅，刚才的照片就是证据。可她却谎称自己'在房间里'。知道这些后，你竟然还坚称她是清白的吗？"

昨天，红发上司发现这个矛盾，并让鉴定官证实了这一猜测。

救护车把萨拉和多萝西送走后，娜丁和奥斯瓦尔德也立即赶往医院。两人昨晚都住在医院附近的酒店，没有回家。想必是料到他们应该顾不上仔细观察、记住血液都溅到了哪些地方，玛利亚大胆提议"给他们设个圈套"。

多萝西头朝楼梯口倒在地上，头部出的血溅到了楼梯口那边，没有溅到身体两侧。

娜丁开始还原案发当天经过时，涟故意走在最前面，诱导她通过没有血迹的地方——多萝西倒地的地方。娜丁没注意到血迹的矛盾，成功落入玛利亚的圈套。

邋遢，缺乏干劲，关键时刻掉链子，一旦敏锐起来又非常人所能及。这就是涟在入职几天后对上司的印象。

而此时此刻，他第一次从她身上感受到了"恐怖"。

"你可别说是记错了，娜丁·埃尔斯伯格。就在刚才，你精准地还原了自己在案发当时的行动。把虚假的行动演得好像真有那么回事似的，却在最后一刻露出天大的马脚。我再问一遍，你为什么要说谎？答不上来的话，那就我替你说，说多少遍都行——因为殴打多萝西的不是萨拉，而是你。"

"怎么会！"奥斯瓦尔德叫道，"这不可能。你说的要是真的，那萨拉为什么要从二层跳下来？你想说是我妈把她推下去的吗？我妈，坐着轮椅，从二层推人？！"

"奥斯瓦尔德·埃尔斯伯格，很遗憾，你也脱不了干系。因为没有任何证据证明萨拉是在多萝西遭到殴打之后跳下来的。"

"哈？"

"急救人员和警察接到求救电话赶到这里时，多萝西小姐在流血。"涟接过红发上司的话继续说道，"由于这一事实，我们曾误以为案发时间是接到求救电话不久前。但流血能说明的只有多萝西小姐遭到殴打的大致时间而已。您的妻子萨拉·埃尔斯伯格也在同一时间坠落，只不过是根据状况证据做出的推测罢了。实际上，她坠落的时间还要更早。比如，也许是在您出门上班之前。"

奥斯瓦尔德发出一声呻吟。

"之后多萝西小姐遭到殴打，在第一批人员接到求救电话赶来前的大约一小时里，倒在攀爬架旁边昏迷不醒。在需要运送濒死伤者的紧急状态下，警方没有余裕去判断这对母女究竟是谁先昏迷的。"

"你是说，是我替我妈把萨拉推下去的吗？"

奥斯瓦尔德全身颤抖。单看表面，分辨不出他的反应是出于罪行被戳穿的恐惧，还是遭人挑衅的愤怒。"血口喷人！这些全都是臆测吧？你们这么说有什么根据——"

"当然有根据。无论是你母亲虐待儿童的事，还是萨拉被推落到攀爬架上的事。"

"欸——"

"涟，去准备一下。"

听上司这样吩咐，涟点点头，留下玛利亚独自走出客厅。

他拿上事先放在玄关的录音机回到客厅，将扬声器对准这对母子，按下播放键。

"您好，这里是F市——""救命，救命！"……

他把案发两天前那通成为查访开端的报警电话从头到尾播放了一遍。

"怎么样？跟多萝西的声音很像吧。搜查员们分头进行了查访，但没有找到其他声音符合特征的孩子。"

"那又怎么了？"

"听好了。能清楚听到物体声响的，只有通话中断前的瞬间。除此之外基本只能听到对话。不觉得奇怪吗？假设多萝西遭到虐待，于是拨打九一一求助，而另外的什么人挂断了电话，那么这个人追赶多萝西的脚步声，还有说话声，应该也一并被录下来才比较正常吧？再说，快要被杀的一方在拨打九一一，杀人的一方却淡定地置之不理，这本身就很奇怪。是多萝西目睹萨拉受到某人的虐待，觉得'妈妈要被杀了'，便悄悄报了警吗？不，这种情况下也是同理，施虐者对萨拉施暴的动静应该会夹杂在对话之中。

"只有一种解释能解决这个矛盾：在一层遭到虐待的报警人逃到二层，用楼梯平台那儿的分机报了警。施虐者无法追到二层去，便把电话线从一层的插座上拔掉，强行切断通话。这时，施虐者把某样东西撞到某处，录音里的声响就是这么来的……对了，插座附近的墙上隐约有黑色的污痕，是不是轮椅的轮子撞到那里了？"

娜丁沉默不语。她低着头，用空洞的目光注视着大腿处。

"符合条件的施虐者只有一个。在报警人逃到二层后便无法追赶的人——娜丁·埃尔斯伯格，就是你。

"而符合条件的报警人也只有一个。不是多萝西。多萝西不会叫你'妈妈'，她应该叫你'奶奶'才对。拥有女性的声音，在这个家里会管你叫'妈妈'的人是谁呢？是萨拉。刚才那段录音里的声音不是多萝西的，而是受你虐待以致精神错乱的萨拉的。长相相似的母女，声音相似也并不奇怪。"

退行——萨拉恐怕就是陷入了这种精神状态。

她可能在童年时期受到过心理创伤。奥斯瓦尔德曾回忆说，她不太愿意提起小时候的事。

娜丁揭开了她的旧伤。婆婆的叱责与暴力超出她的承受极限，导致她的心理产生了退行现象。

"有件事我一直想不通。"

红发上司继续说着。

"萨拉要是想自杀的话，为什么要从二层这种不上不下的高度跳下来，而且还特意瞄准攀爬架？后来我才发现，这是有原因的。攀爬架是由大量杆子拼接而成的玩具，掉到它上面，身上就会留下大量杆子形状的打击伤。这样一来，被高尔夫球杆的杆柄殴打所致的伤痕就没那么显眼了，凶手的意图就在于此。不过很遗憾，萨拉身上的部分伤痕明显是攀爬架杆子以外的凶器造成的，这一点已经通过医生的诊断得到确认。

"奥斯瓦尔德·埃尔斯伯格，你对你母亲的所作所为心知肚明，却助纣为虐，为了掩盖母亲的罪行而将妻子推落到攀爬架上。

"娜丁·埃尔斯伯格，你为了给儿子制造不在场证明，下手毒打自己的亲孙女。

"给我老实交代，你们俩谁是主谋？你们是觉得只有自己的安宁最重要，'卑贱的原住民'的性命就一文不值吗？"

"玛利亚！""不是的！""别说了！"

涟的喝止声与母子的尖叫声同时响起。

奥斯瓦尔德此时的表情异常愤怒。娜丁双手掩面，肩膀不住地颤抖。

沉默降临。唯有娜丁的呜咽声在客厅里回响，不绝如缕。

少顷，玛利亚叹了口气，屈身蹲到娜丁面前，一头红色长发随之晃动。她用红宝石般的眼睛注视着娜丁。

"那就跟我说实话。不然萨拉就太委屈了。就算继续遮掩下去，也谁都落不着好——至少这次的事是这样。"

过了一段时间，娜丁慢吞吞地抬起头。

"我儿子……还有萨拉和多萝西，他们谁都没有错。"她声音细弱，语含忏悔，"这一切全都怪我。"

"对于奥斯瓦尔德的婚姻，我是由衷祝福的——我本以为自己是真心这么想。听说那姑娘——萨拉的出身后，我丈夫强烈反对儿子跟她结婚。我跟丈夫理论，说时代变了，不该再计较这种事。出身、肤色和性别都无关紧要，人人生而平等——我理智上是这样认为的。可是……"

涟在玛利亚身旁聆听着娜丁的回忆。

共同生活多年的丈夫想必也对她造成了不小的影响，白人至上的观念已渗入她的心底，仅凭理性难以完全摆脱。

自从与萨拉住在一起以后，她开始对儿媳的一言一行深感不快。

她并没有遭到儿媳的恶待。恰恰相反，无论是怀着多萝西的时候，还是生产之后，萨拉都无微不至地照顾着娜丁。

然而娜丁却无法发自内心地感谢萨拉。

她头脑里明白种族没有高低贵贱之分，情感上却背道而驰。

——她起初不乐意，但很快就开始祝福我们。

涟想起奥斯瓦尔德三天前说的话。娜丁绝非对原住民毫无偏见。

娜丁的自白还在继续。

她极力压抑对自己的厌恶与对萨拉的负面感情，与儿子、儿媳和孙女过着看似安稳的生活。她本以为这样的日子会持续下去。

遏制负面感情的理智之弦崩断，是在半年前。

——有要洗的衣服吗，娜丁？

为什么是这个神气活现地自称姓埃尔斯伯格的原住民女人在照顾自己？

前一秒还想都没想过的念头支配了她的心。回过神来时，她正手握儿子用完后没收回球包里的高尔夫球杆，用杆柄狠狠殴打儿媳，嘴里还不停地谩骂着。

萨拉没有抵抗。

她蹲在地板上，用满含恐惧与哀伤的泪眼看着娜丁，乞求娜丁的原谅。

"半年前？"

奥斯瓦尔德脸上浮现出惊愕的表情。不愿去想的可能性化作现实摆在眼前，令他猝不及防。

"她是不想让你看到自己的身体。"玛利亚说，"你说过感觉她有事瞒着你，其实她不是在背着你虐待多萝西，而是不想让你知道她在遭受娜丁的暴力。跟你分开睡也是因为这个，她怕你看见她满身的伤痕会难过。"

"竟然是这样……"

奥斯瓦尔德打了个趔趄。娜丁再度掩面，继续忏悔。

清醒过来后，娜丁向萨拉道歉，并发誓绝不再犯。奈何理智之弦一旦断裂便无法复原。

突然情绪失控毒打萨拉，清醒过来后再道歉。同样的事一再重演，且频率慢慢变高。

"多萝西她……发觉这事了吗?"

"估计是发觉了。幼儿园的教职工做证说,同样是从半年前起,她变得不爱笑了。但她始终坚决不把这件事告诉任何人。也可能她想说,但母亲千叮万嘱不让她说。"

只要自己一个人忍耐,大家就能幸福地生活——萨拉是这样考虑的吗?

可是,就像娜丁的负面感情压断了理智之弦一样,萨拉的痛苦也达到了极限。

她的心理出现了退行现象。

萨拉出现这种症状恐怕已经不止一次两次了。起初她仍极力忍耐,后来实在承受不住,便逃到二层拨打九一一求助。这就是三天前那通报警电话背后的原委。

"我见把你们两位——警察都招来了,心里惶恐得不行,害怕萨拉会说出真相。但她什么都没有说。从退行状态恢复正常后,她对你们只字不提报警的事,也不让多萝西乱说话……直到最后,她都在包庇我。而我……恬不知耻地接受了这一切。不知不觉间,我满脑子只剩下自保的念头……直到最后,我都对自己的这种心态毫无自觉。"

"为什么——为什么不跟我说?"

奥斯瓦尔德的语气中充满苦涩,似乎还掺杂着自责。

如果他在三天前说出曾接受警察询问的事,娜丁或许就会有所警惕而克制住自己。

但奥斯瓦尔德隐瞒了此事。那天他对玛利亚和涟说:来找我询问的事,希望你们能对我的家人保密。

他也在恐惧。本应比谁都更加祝福他与妻子婚姻的母亲,有可能在虐待妻子——他潜意识里大概也有这样的怀疑,却不愿面对，只是一味逃避。

如今，怀疑以最糟糕的形式变成了现实。

"而且，为什么连多萝西都……"

"不是的。"玛利亚打断他，"你母亲并非出于恶意打倒了多萝西。那是意外吧？"

"啊……"娜丁吃惊地抬起头来。玛利亚静静注视着轮椅上的老妇人。

"为了防止萨拉再次报警，昨天你在儿子出门上班后，偷偷把电话线从插座上拔掉了。这样一来，你随时都可以发作而不用担心事情闹大。挨过了我们的查访这一关，你比往常更加松懈，很快就又一次情绪失控。没想到萨拉在退行状态下也会习得经验，她意识到电话会断掉，只能靠自己的力量来保护自己。

"她恐怕是第一次用手臂挡住了你挥过去的高尔夫球杆。你因此而越发激愤，这次不再用杆柄打她，而是将杆头对准她，用力将杆头向她挥去。萨拉承受不住比平时重好几倍的击打，下意识地抓住高尔夫球杆，试图把它夺过来。你握着杆柄，萨拉握着杆头，你们俩就这样争抢着。考虑到年龄和体力的差距，按说是萨拉占上风。然而现实并非如此。

"你这一打，把萨拉的右手打伤了。当时应该是萨拉的位置更靠近玄关那边，你更靠近楼梯一侧。能够自如使用双手的你，和只能使用左手的萨拉之间的这场高尔夫球杆争夺战，很不幸的是，你赢了。

"高尔夫球杆从萨拉的左手滑落。你收不住手，把高尔夫球杆横着挥向自己的斜后方……而多萝西当时正好跑到那里。"

多萝西无疑是想制止母亲和祖母的争执。她先是跑到二层想要打电话报警,可是总机的电话线被从插座上拔掉了。

她还记得玛利亚的忠告,却无法付诸行动。这条路从一开始就堵死了。

小女孩挺身而出,想要插进两人之间,结果球杆的杆头重重击中了她的太阳穴。

眼见多萝西昏倒在地,娜丁和萨拉都清醒过来,随即陷入恐慌。

应该是萨拉先略微恢复了冷静。

她赶紧插上电话线,忍着手痛正要拨打九一一,忽然意识到这样下去娜丁会成为罪犯。

于是萨拉拜托娜丁打电话求救,告诉她不用说多余的话,只说快点叫救护车就行。看着婆婆打完电话后,萨拉自己则跑上二层,冲着攀爬架一跃而下。

昨天的那通求救电话里,娜丁只提到了多萝西。她怎么也料想不到,萨拉竟会在她打完电话后当即从二层跳下去,以此揽下所有罪名。

"虽然有相当多的臆测成分……不过没说错吧?"

娜丁此时的状态已无法回答玛利亚的问题。她双手紧紧捂着脸,手指几乎要嵌进肉里,剧烈地哽咽着。

"妈——"

奥斯瓦尔德表情扭曲。玛利亚只看了他一眼,就又转回头看着娜丁,轻启形状好看的嘴唇。"……唔,手续很重要。"她喃喃自语道。

"娜丁·埃尔斯伯格,你有权保持沉默,也有权聘请律师。可否请你来警署一趟?"

5

与新下属共同负责的第一起案件,就这样正式落下帷幕。

娜丁由奥斯瓦尔德陪着坐上警车,待命的其他搜查员纷纷入宅搜查之时,玛利亚独自上到二层,走进多萝西的房间。

绵羊玩偶孤零零地留在架子上。

她正出神地望着它,忽然听到狂妄的黑发下属的声音:"原来你在这儿啊,玛利亚。"

不过涟没有说"别在这儿干站着,快去工作"这类牢骚话,只是安静地站到玛利亚身旁。

时间在沉默中流淌而过。过了一会儿,涟似是想起什么,开口打破寂静。

"萨拉·埃尔斯伯格的娘家人都叫她'迪贝'……听说在原住民的语言里,'迪贝'是绵羊的意思。"

"是吗……"

——你喜欢绵羊吗?

听玛利亚这么问,小女孩无言地点点头。

她是透过这个绵羊玩偶看到了心爱的妈妈的身影吧。它多像她那比谁都更希望家人幸福,为此不惜主动成为替罪羊的温柔过头的妈妈啊。

替罪羊(scapegoat)吗……

不对,是"绵羊"的话,那应该是"替罪绵羊"(scapesheep)吧?唉,这玩笑一点也不好笑。

"对了,玛利亚。"涟推了推眼镜,"虽说就结果而言成功引出了口供,但特地强调母子合谋故意犯罪的假设,把他们逼到绝境，做得未免有些过火。就不能用稍微温和点的方式吗？"

"我没特地强调。我当时以为那就是真相。还挺当真的。"

到底只是"还挺"的程度。娜丁要真是个彻头彻尾的坏人倒好了，反而会让人心情轻松不少。

其实从现场状况来看，萨拉被人推落的可能性近乎于零。

要是想把她推到攀爬架上，把位于楼梯平台斜下方的攀爬架提前挪到正下方会更容易瞄准。

小柜子也是同样的道理。就算挪不动攀爬架，至少也该挪开小柜子，因为把萨拉往斜下方推时，小柜子会很碍事。然而只有放在上面的电话机掉下去了，小柜子本身仅仅略有偏移，差不多仍在原位。萨拉是踩在它上面跳下来的——为了从更高处坠落。

"涟，你说，这样真的好吗？不是说口供的事……第一次来这里的时候，如果我态度强硬地说服萨拉，查看多萝西的身体，发现她身上没有受虐待的痕迹，会不会她们就都不至于出这种事了？"

萨拉执意拒绝对多萝西做身体检查，是因为害怕玛利亚发现遭到虐待的不是多萝西，而是她自己。

报警时说出的住址让警察听去多少，萨拉和娜丁应该都无从得知。倒是也有大大方方地让玛利亚查看多萝西的身体以撇清嫌疑这个选项，但在警方也许已经精准锁定报警来源地的状况下，这样无条件地给出通往真相的线索是不折不扣的昏招。

现实则是玛利亚和涟没有做出进一步举动便撤离，或许正如刚才的臆测——虽然当事人既未肯定也未否定——这助长了娜丁的气焰，最终酿成惨剧。

应该还有更巧妙的做法吧。这个念头在玛利亚的脑海里挥之不去。

涟久久未作答。

你可真够自恋的——她以为涟会只丢下这么一句，却听他口中说出别的话语。

"也许就像你说的那样，要是从萨拉·埃尔斯伯格那里问出真相，把她保护起来，就可以避免最糟糕的事态。但这种可能性应该是相当低的。

"从我们的角度来看，即使发现多萝西小姐身上没有伤也不会想那么多，只会认为那通报警电话是小孩子的恶作剧。再说萨拉自己估计也并不想离开埃尔斯伯格家。在我们接到报警的那一刻，埃尔斯伯格家已然濒临崩塌……甚至还存在这样的可能：在我们锁定报警来源地之前，娜丁的虐待就逐步升级，萨拉也忍无可忍，反杀娜丁。

"想象再多的'如果'，也不知道实际会怎样。怎么做才是最佳选择，只有上天才知道答案。"

这是在安慰她吗？玛利亚想回他一句"你还真是满嘴大道理"，但没有说出口。

涟最后的那句话，听起来隐隐透着他鲜少流露的情绪。

"先不说这些了。玛利亚，实在抱歉，我忘了报告一件非常重要的事。刚才接到了关于萨拉和多萝西小姐目前状态的无线电联络。"

涟低下头，停顿了足足十几秒。

玛利亚心脏狂跳。难道……

"两人都恢复了意识。医生说看样子也不会有明显的后遗症……不过要是再晚些送到医院，没准就来不及医治了。"

玛利亚感觉膝盖发软。

"你刚才那停顿是怎么回事啊！乱开玩笑的人有鲍勃一个就

够了!"

"没什么,我只是很感慨。"黑发下属满不在乎地回答,"这次是你的功劳,玛利亚。要不是你指出报警来源地在狐巢路沿线,要不是你提议再接到埃尔斯伯格家的报警就立即赶去救助,也许她们就会有完全相反的命运。"

"是谁刚才说什么'只有上天才知道答案'来着?"

玛利亚瞪着涟,与此同时,心中涌起许久未曾有过的炽热感觉。

——我成功救了她们吗?

那时没能救下独一无二的挚友的我,这次终于做到了吗?

萨拉和多萝西的幸存,并不意味着事情就有了圆满的结局。无论娜丁受到怎样的惩罚,埃尔斯伯格家受到的创伤能否彻底愈合,这一家人能否有一天再次笑脸相对,谁都无从知晓。

但如果她们丢掉性命,就根本用不着考虑创伤愈合的可能性了。

"再说,最先主张遭到虐待的可能是萨拉而非多萝西的人是你。你反过来夸我,我听着只觉得是在挖苦。"

"是这样吗?"

涟倏然睁大眼睛。一向沉着冷静的下属头一回露出无所适从的表情。

当初怀有的疑问不由得脱口而出。

"涟,你为什么当警察?"

"恕难回答。原因说来话长,而且涉及一些隐私。硬要说的话,是为了赎罪吧。"

赎罪吗？还真是高尚的词语。

"你又是为什么当警察呢？"

"我的原因也一言难尽。另外，以前的室友说我'说不定适合当警察'也是原因之一吧，不知不觉间就走上了这条路。"

"原来如此。"涟点点头，"你这位室友真是个有勇气的人啊，竟然能对你说出'说不定适合'这种弄不好会被你打死的话。"

"你好意思说这种话吗！"

※

"闲聊到此为止，该着手工作了。"涟随口敷衍着大呼小叫的玛利亚，心里则在回味刚才她问自己的问题。

——你为什么当警察？

早晚有机会告诉她。在合适的时机到来之前，他不打算开口。

但如果问他此时此刻站在这里的意义，他可以不假思索地答上来。

自己是作为这个我行我素的上司的搭档来到这里的。

※

回顾与黑发下属共事的日子，自最初的案件以来基本没什么变化。

同事们总是口无遮拦地说些"你俩还挺合得来啊""这么好的搭档给你真是浪费了"之类的话，但对于每天都与这个狂妄下属低头不见抬头见的玛利亚而言，老实说，有时也会觉得吃不消。

半年时间过去，涟似乎也稍微敞开了心扉。就在前几天，他递给玛利亚一份用曲别针夹着的资料，说："这是一起案件的概要，想请教一下你的意见。"

虽然地点、年月日和专有名词都做了模糊处理，但显然是涟过去亲身经历的案件。她姑且简略写下自己的臆测。次日归还资料后，只见涟低头盯着她的笔记，一动不动。

"你这是什么反应？靠谱吗？还是弄错了？"

"不知道。我得问问当事人。"

居然不着痕迹地使唤上司做私事，真是个厚颜无耻的下属。

现在，涟像平常一样在她身旁握着方向盘。

把已经彻底吃习惯的三明治全部咽下肚后，玛利亚问道："是什么案子？不先去趟警署就直接去现场，这是出了多大的事啊？"

"据说是水母船的坠毁事故。"

"水母船？"

涟点点头，开始讲述案情梗概。

"现场……"

BONEYARD WA KATARANAI
Copyright ©2021 Ichikawa Yuto
Chinese translation rights in simplified characters arranged with TOKYO SOGENSHA CO., LTD.
through Japan UNI Agency, Inc., Tokyo
Simplified Chinese edition copyright: 2022 New Star Press Co., Ltd.
All rights reserved.

图书在版编目（CIP）数据

埋骨场不会言说 ／（日）市川忧人著；朱东冬译． —— 北京：新星出版社，2022.5
ISBN 978-7-5133-4903-1

Ⅰ．①埋… Ⅱ．①市… ②朱… Ⅲ．①短篇小说 - 小说集 - 日本 - 现代 Ⅳ．① I313.45

中国版本图书馆 CIP 数据核字（2022）第 071845 号

埋骨场不会言说

[日] 市川忧人 著；朱东冬 译

责任编辑： 王　萌
责任校对： 刘　义
责任印制： 李珊珊
封面插图： [日]影山彻
装帧设计： 冷暖儿

出版发行： 新星出版社
出 版 人： 马汝军
社　　址： 北京市西城区车公庄大街丙3号楼　100044
网　　址： www.newstarpress.com
电　　话： 010-88310888
传　　真： 010-65270449
法律顾问： 北京市岳成律师事务所

读者服务： 010-88310811　service@newstarpress.com
邮购地址： 北京市西城区车公庄大街丙 3 号楼　100044

印　　刷： 北京天恒嘉业印刷有限公司
开　　本： 910mm×1230mm　1/32
印　　张： 8.125
字　　数： 127千字
版　　次： 2022年5月第一版　2022年5月第一次印刷
书　　号： ISBN 978-7-5133-4903-1
定　　价： 49.00元

版权专有，侵权必究；如有质量问题，请与印刷厂联系调换。